〔日〕江户川乱步 著

傅栩 译

江户川乱步少年侦探系列

二十面相的谜题

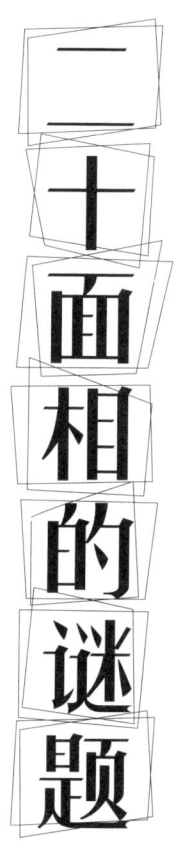

人民文学出版社
PEOPLE'S LITERATURE PUBLISHING HOUSE

图书在版编目(CIP)数据

二十面相的谜题/(日)江户川乱步著;傅栩译.—北京:人民文学出版社,2018
(江户川乱步少年侦探系列)
ISBN 978-7-02-013909-5

Ⅰ.①二… Ⅱ.①江… ②傅… Ⅲ.①儿童小说-侦探小说-日本-现代 Ⅳ.①I313.84

中国版本图书馆CIP数据核字(2018)第042274号

责任编辑　卜艳冰　王皎娇
装帧设计　汪佳诗

出版发行　人民文学出版社
社　　址　北京市朝内大街166号
邮政编码　100705
网　　址　http://www.rw-cn.com

印　　刷　山东德州新华印务有限责任公司
经　　销　全国新华书店等
开　　本　890毫米×1240毫米　1/32
印　　张　4.25
字　　数　53千字
版　　次　2018年10月北京第1版
印　　次　2018年10月第1次印刷

书　　号　978-7-02-013909-5
定　　价　28.00元

如有印装质量问题,请与本社图书销售中心调换。电话:010-65233595

— 目录 —

消失的大学生 /1

小林少年的冒险 /7

黑暗中的手 /13

白与黑 /16

门的秘密 /21

电话的声音 /26

电话的秘密 /32

会动的手腕 /36

空中的声音 /43

浮在空中的花瓶 /49

不可思议的格斗 /54

可爱的女孩 /59

奇怪的脚印 /66

透明怪人就在家里 /71

晚上十点 /77

消失的宝象 /82

你就是二十面相 /89

魔法的真相 /94

不可思议的道具 /100

最后的谜团 /105

意想不到 /110

口袋小子 /115

小黑人 /120

美术室 /124

大侦探的最后绝招 /128

—消失的大学生—

五月的一天，位于麴町高级公寓里的明智侦探事务所里，来了一位老绅士。

这位老绅士满头浓密的银发一丝不乱地梳在脑后，嘴边留着两撇精致的白胡子，高高的个子，身形瘦削，看上去颇具气质。

他是松波文学博士，在一个富商筹资建立的古代研究所里担任所长，是一位专门研究古代西洋文化的著名学者。

明智侦探曾在一次聚会上见过松波博士一面，两人也算是认识。但对这位老学者的造访，还是有些突然。

出门迎接的小林少年听闻对方是松波博士，便十分礼貌地领着他来到了会客厅。

"明智先生，在我任职的古代研究所里，发生了一件奇怪的事。我今天冒昧来访，是想借您的智慧，帮忙参详参详。"

松波博士刚一落座，便开门见山地说道。

"是怎样一件奇怪的事呢？"明智问。

紧接着，博士讲起了事情的原委：

"前不久，古代研究所得到了据说是全世界仅有的一卷古埃及的经文卷轴。这卷卷轴是研究所里的木下博士在英国发现并买回来的，后来还上了报纸，想必您一定能理解，它是一件绝无仅有的无价之宝。

"可是，关于这卷卷轴，却有一个可怕的传说，说放置这卷卷轴的房间里，总会发生一些不可思议的事情。听说它在英国的时候，就引发过很多令人毛骨悚然的事情，它的上一任主人实在觉得可怕，这才决定转让。木下先生只用折合日元三十万的价格，便买下了这件宝物，其实它的身价应该是这个价格的好几倍，甚至几十倍。后来，这卷卷轴就存放在研究所里的埃及馆，很快，恐怖的事情就发生了。昨天，一个大学生来到研究所里，说是想参观埃及馆的木乃伊棺椁，于是，我们便允许他进入了埃及馆内。谁知，这个大学生进馆之后，就不见了。一个活人，竟然就这么凭空消失了。馆里没有丢任何东西。那卷卷轴也安然无恙。"

明智侦探和在一旁旁听的小林少年都被这个不可思议的事件吸引，听得聚精会神。

"那个大学生，会不会是趁没人注意的时候，自己离开了？"

明智问道。可松波博士却摇了摇头。

"不，这不可能。当时有一个名叫赤井的年迈勤务员就守在现场。只有一扇门进出，而赤井就守在那儿，一步也没有离开。"

"有可能从窗户进出吗？"

"窗户有五扇，但都装了十分结实的铁栅栏，不可能出得去。而且，馆内也没有任何暗门，根本没有别的地方能出去。"

"这个埃及馆里，存放了不少的文物吧。有没有可以躲藏的地方？比方说，木乃伊的棺椁，要藏一个人也不是没可能？"

"我们当然也打开棺盖查看过。但是棺椁里面除了木乃伊，什么也没有。"

"看来这是一个密室事件。一个人是怎么从一个完全没有出口的房间消失，是我们必须解开的谜团。我可不相信什么埃及卷轴的诅咒。这里面一定有什么蹊跷，很可能是那个名叫赤井的勤务员没说实话。"

"不，他说不了谎。"

"咦？这是为什么？"

"因为，我是亲眼看见的。"

"这话是什么意思？"

"我的房间的窗户正对着埃及馆的门，只有十米之隔。

"这中间是一条走廊，走廊的左右两边虽然各有一个房间，但房门一直都是关着的，所以从我的窗户到埃及馆的门口，没有任何障碍物。我的书桌就在窗边，所以只要坐在书桌前，自然而然就能看见埃及馆的门。只是那个大学生进去的时候，我刚好没在，所以没有看见。等我回到座位上，看见赤井站在对面门口，我就想，多半是有什么外来的人进了埃及馆。因为通常这种时候，都是让赤井守在门口的。见那大学生进去之后老也不出来，赤井大概等得不耐烦了，就打开门往里瞧了一眼。只见那大学生走到门口，站在门里面对赤井说了些什么，大概是让他再等等吧。赤井点了点头，就又把门关上了。那之后又过了大概十分钟，赤井又打开门看了看，结果这一回，馆内就空无一人了。那个大学生就这么消失无踪了。直到赤井第二次打开门，我的目光就一直没有离开过那扇门。所以，我肯定，那个大学生确实没有从那扇门里走出来。而除了那扇门，再没有别的出入口了，五扇窗户又都安了结实的铁栅栏。我们只能认为，那个大学生是凭空消失了。"

听松波博士说完，明智侦探把手指伸进一头蓬松的鬈发里，一边挠，一边思考了一阵，忽然抬起头：

"那个大学生，那天穿带金色纽扣的制服了吗？"

"没有，穿的是一套黑色的西服。"

"赤井先生呢？穿的是什么衣服？"

"也是一套黑色的旧西服。"

"那时候几点？"

"大概是四点钟，天色已经有些暗了。"

"通知警察了吗？"

"通知了。警察来了一趟，仔细地调查过，没发现什么线索。他们认为一个大活人不可能会凭空消失，反而对我们的说法不大信任。"

听到这儿，明智侦探又一言不发地思索了一会儿，仿佛下定了什么决心似的说道：

"我明白了。如果方便，我想现在就到研究所去调查一下。小林，你也一起来。"

小林少年的冒险

明智侦探和小林少年在松波博士的带领下，走进了古代研究所所在的高大建筑，把埃及馆里每个角落都搜了一遍，确实没有发现什么秘密出入口。窗户上的铁栅栏，也完全没有拆卸过的痕迹。

明智侦探花了一个小时搜查完毕，把小林少年叫到身边，悄声交代了几句，然后走到对面的松波博士面前，这样说道：

"松波先生，请恕我无法相信所谓卷轴的诅咒。我想在今晚做一个小实验，您看可以吗？"

"什么实验？"

"和我一起来的小林打算在这间埃及馆内过上一夜，试试看会不会被诅咒。要是连小林也消失了，事情无疑会更加严重，不过我想这是绝不可能发生的。能让我们做这个实验吗？"

听了这番话，松波博士回答道：

"这会不会太危险了？小林的人身安全，我们可担待不起啊。"

"没关系，出了事我来负责。小林曾经在很多事件中经历过不少性命攸关的大冒险，您不必为他担心。他很聪明，力气也不小，而且这件事我心中自有分寸，不会有什么危险的。"

之后，两人又相持了一会儿，终于决定，同意小林在这个埃及馆内一个人过一夜。

晚上九点，小林少年独自一人来到了研究所，跟着松波博士一块儿进了埃及馆。勤务员赤井先生也跟着一块儿来了。

"赤井先生，请您从外面把门锁上。这么一来，就谁也进不来了。钥匙应该就赤井先生您一个人有吧？如果有备用的钥匙，也麻烦赤井先生一块儿收到您手上保管。"

小林少年在另外两人离开房间之前，特意这么强调了几句。

不久，两个大人走出了埃及馆，将门从外面牢牢锁上了。

小林就这么被锁在了埃及馆里。

在馆内的一角，摆着一张大桌子，桌前有一把皮质的转椅。小林坐在转椅上转了一圈，观察着房间的全貌。

一面墙，放着直顶到天花板的书架，上面密密麻麻地摆放着外文书籍。

一面墙，放了一座高大的置物架，各种出土的古埃及文物及其仿制品摆在上面，而置物架前的小桌子上，便是那卷放在细长的银盒子里的卷轴。还有一面墙上，挂着著名的埃及学者的肖像油画，画的下面则竖着那个巨大的木乃伊棺椁。棺盖半开着，露出了包在木乃伊身上的白色布条。一想到这里头装着一具漆黑的骸骨，不免让人觉得有点毛骨悚然。

天花板上吊着一盏球形的吊灯，另外，在大桌子上也放着一盏带蓝色伞状灯罩的台灯。因为整个馆空间很大，光这一点光源终究是暗了些，在房间里投下了不少阴影。

窗外已经全黑了。庭院里茂密的树影，看上去就像是几只黑色的怪物。大桌子上杂乱地堆着一些古旧的外文书籍，最前头放着一个老座钟，还在嘀嗒嘀嗒地走着。

馆内安静极了，除了隐约能听见远处大街上电车和汽车的声响，别的什么也听不见。

夜色渐浓。

那奇怪卷轴的诅咒究竟会诱发什么，现在没人知道。那卷两千多年前的古老卷轴就放在对面的小桌子上，由一个旧得发黑、刻满了花纹的银盒子装着，据说它拥有不可思议的魔力，能让一个活人凭空消失。

小林少年就这么一动不动地盯着那个发黑的银盒子。也许是盯着看的时间太久了，他觉得自己的眼睛开始有点发花，仿佛周围的一切都变暗了，只有那个银盒子，好像打了一束光似的，看上去有点发白。

"啊！动了！"

那个银盒子，居然缓缓地移动了起来。

小林吃了一惊，使劲儿揉了揉眼睛，凝神细看。

只见那盒子似乎仍然摆在小桌子的正中间。刚才兴许是他眼花了？

座钟的指针走过十点，继而又走过了十一点，正朝十二点的刻度靠近。一分一秒仿佛都过得很慢，让人觉得好像已经过了一个月之久。

小林不时从椅子上站起来，在屋内来回走动，然后又坐回去。

忽然，不知从哪儿传来嘎吱一声怪响。好像是木乃伊的棺盖动了动。周围明明没有风，可露出来的白色布条，竟然微微飘动了起来！

这下，就连一向勇敢的小林少年也开始觉得不妙了。一不小心，眼神一晃，感觉背后似乎有个怪物悄悄地靠了上来。

　　黑暗中，一只枯瘦的人手，从一整面墙的书柜中间幽幽地伸了出来。见此情景，小林少年只觉脊背一凉，仿佛一股冰水淌下来了一样。

—黑暗中的手—

啪、啪、啪……屋内唯一的一盏灯,仿佛眨眼似的闪烁起来,时明时暗。

刚开始,闪烁的间隔很长,但没过多久,频率就快了起来,啪,啪,啪……就好像什么怪物真的眨起了眼睛一样。

小林下意识地从椅子上站起身来,提高了警觉。他有种预感,有一个怪物马上就要登场了。

灯每闪一下,似乎屋里的各式藏品都会动一下。

竖靠在对面墙壁上的木乃伊棺材棺盖半开,能看见一片幕布似的白布,原来是盖在木乃伊头上的白布露出来了。

这块白布，在无风的状态下，竟飘飘悠悠地舞动了起来。

是木乃伊活了吗？会不会……哦！那具黑黢黢的木乃伊会不会马上就要掀开棺盖，从里头走出来呢？

可怕的还远不止这些。刚才好像有一只枯瘦如柴的手从书架间伸了出来，说不定接下来还会有很多只手，悄无声息地从各个角落里伸出来。

桌子下面、木乃伊棺材里、装饰在书架上的陶土人偶以及陶壶里……

灯每熄灭一次，仿佛就会有手从不一样的地方伸出来。

这些手似乎都志在必得地朝着桌上的卷轴箱伸过去。其中的一只手足足伸长了一两米，眼看就要够到桌上的银盒子了。

当然，这些手并不是真的存在。只是电灯不停闪烁，让人生出好像真的看到了什么的幻觉。

即使勇敢如小林少年也有点儿扛不住了，他跑向门边，然后"咚咚咚"地拍起门来。

他想，只要听见敲门声，勤务员赤井先生就一定会拿着钥匙过来开门。

然而，小林的敲门声仿佛成了一个信号，他一敲，屋里的灯就忽然亮了，不再闪烁了。

灯一亮，可怕的幻觉就消失了。小林终于安下心来，又回到原先的椅子上坐了下来。

装着卷轴的银盒子，正安然无恙地躺在桌上。

小林目不转睛地盯着盒子，连动都不动一下。

现在，已经是深夜一点了。周围一片寂静，透着一种难以言喻的寂寥，仿佛世上的一切生命都已死去，只剩下小林孤零零一个人似的。

他真的能平安无事地熬到第二天早上吗？是不是真正可怕的事，现在才要开始呢？

―白与黑―

不一会儿,真正可怕的事还是发生了。

屋里的灯再一次熄灭了。而且,这一次,熄灭的灯再也不亮了。就像一块黑色的绒布罩住了整个屋子,四周陷入了完全的黑暗之中。

什么也看不见,视觉仿佛被完全切断了。

紧接着,眼前出现了一些模糊不清的影子,黄色的、红色的、紫色的,若隐若现。一会儿仿佛有一团圈状的紫色烟雾快速地飘了过来,一会儿又仿佛有一大片火红色花海在眼前盛开。

相信大家在闭着眼的时候,都见到过类似的景象吧?这是我们眼内神经产生的作用。这些景象,现在正在小林少年的眼前清晰地显现着,五颜六色，忽而出现，忽而消失。

就在这时，周围的空气似乎流动了起来。明明门窗紧闭，却不知从哪儿有阵风吹来。

飘来的这一阵风只是一股微弱的气流，拂面而过而已。

这会儿，小林少年的双眼已经逐渐习惯了黑暗，屋子里的一些发白的物体已经依稀可见了。

桌上的银盒子已经能看清了。小林睁大眼睛，死死地盯着那盒子。

只见，银盒子的正中部分，忽然好像被什么东西给遮住，看不见了！因为中间黑了一块儿，整个银盒子看上去就像断成了两截。

莫不是有一只黑手，把银盒子给抓住了？

啊，快看！银盒子动了！只见它在桌面上悄无声息地滑动了起来，划过了桌子边缘也不往下掉，而是在空中继续滑行！

哦，明白了。是那只不知从哪儿伸出来的黑手，要把银盒子拿走了。

不，不只是一只手。有一个全身漆黑的家伙，似乎就站在那里。分明是一个黑色的怪物来偷卷轴了！

"啊！你究竟是什么人！"

小林大叫一声，就朝那个黑色的怪物扑了过去。

这一扑，他真真切切地碰到了怪物的身体。那是一个温热的人的身体。这个人头顶上罩着一块黑布，手也包在里面，正准备偷走装了卷轴的箱子。

"你这个小偷，住手！"

小林奋力想抓住这个看不见的家伙，不想一瞬的工夫，就被他以一股蛮力硬生生地推开，小林一屁股坐到了地上。

正在这时，房间另一头的墙壁上又发生了一件不可思议的事情。木乃伊的棺材里露出来的白布越来越大，竟轻飘飘地朝这边飘了过来。

难道是木乃伊从棺材里走出来了？这怎么可能呢？可是，那白布包裹着的人形物体正朝这边靠近，又该怎么解释呢？

小林坐在地上，心情紧张，拼命想看清黑暗中发生的一切。

没想到，那白色怪物竟然在黑暗中猛地一加速，朝那黑色怪物扑了过去。虽然看不太清，但那黑色怪物显然正面迎击，和白色怪物扭打在了一起。

银色的箱子就这么悬在空中，一会儿晃到这边，一会儿晃到那边，黑白两个怪物，似乎正在争抢那箱子。

很快，伴随着巨大的响动，一场激烈的争夺战开始了。黑白两个怪物都拼了老命似的，斗得不可开交。

屋内可怕的响声不断，只见两个怪物已经扭打到了地上。

"好！抓住他了！小林，快把灯打开！"

啊！听这声音，不正是明智侦探吗？白色怪物似乎已经将黑色怪物压制在了身下。这么看来，那白色怪物，莫不是明智先生？

小林摸索着找到了门旁边的电灯开关，按了下去。可是灯却没有亮。恐怕是电闸本身给切断了。

于是,小林打算敲门呼叫援手。没想到,手往门上一摸,却发现门不知什么时候竟然打开了。

小林跑到外头的走廊上,大声喊了起来:

"快来人啊——埃及馆里有小偷!"

连着喊了几声,终于听到有人踩着台阶上来的声音,走廊的另一头忽然一片明亮。

等那人跑到了走廊这一头,小林终于看清了,来的是所长松波博士。博士因为担心卷轴出状况,今天晚上就住在楼下的值班室里。

"哦!小林,发生什么事了?那小偷到底是什么人?"

"不知道。明智先生不知从哪儿冒出来,好像已经把小偷抓住了……电闸好像断了,先生,您赶紧把它给打开吧!"

"好,你等着!"

松波博士把手电筒交给小林,又一次朝楼梯处跑了过去。

— 门 的 秘 密 —

等博士重新打开电闸,屋里的灯终于亮了。

"好哇!原来你是勤务员赤井呀!"

那白色怪物叫了起来。被他压制在身下的黑色怪物的面罩被揭了下来,只见那人就是穿着黑色西服的赤井。

"明智先生,您真是干得太漂亮了!这么说来,是赤井要偷这卷埃及的经文?"

走进房间的松波先生对白色怪物说道。

这个浑身裹满白布条,装扮成埃及木乃伊模样的怪物,正是明智侦探。他假扮成这个模样,藏在木乃伊棺材里,专等着坏人现身。

小林少年毫不知情,听见松波博士叫他"明智先生"，直接吓了一大跳。

"这么说，明智先生和松波博士商量好，在我进入这间埃及馆之前就藏在木乃伊棺材里了？我要是知道了，表情肯定会露出破绽，让犯人起疑心，所以故意没告诉我？"

小林很快想到了个中缘由，但还有一件事不明白。松波博士似乎也抱有同样的疑问，正好也面朝明智先生开口问道：

"既然赤井是犯人，那他确实能够开关电闸，也能用手上的钥匙轻易潜入房间。但是，还有一件事我不明白，就是昨天消失在这个房间里的大学生的秘密。明智先生，这个谜团，您是否也已经解开了呢？"

明智侦探不知从哪儿摸出一条细绳，先绑住犯人赤井的手脚，然后把他的身体绑在了一旁的椅子上。做完这些，他边朝这边走来，边回答道：

"这个我也弄明白了。白天，我在调查这个房间的时候，就发现了其中的秘密。不过，我要是说出来，肯定会引起犯人的警觉，他就不会来偷经文了，所以我刻意没说破。我是想让犯人放松警惕，然后等着他今晚溜进来，再逮他个正着。果然这家伙就中招了。"

"可是，我怎么想也想不明白，这中间到底是有什么秘密呢？要是您不介意，能给我讲讲吗？"

"其实这个手法很单纯。反正这家伙也跑不掉了，在联系警察之前，就先让您瞧瞧这个秘密吧。那么，请先生先回到走廊另一头您的研究室里，然后透过那扇玻璃窗看这扇门。小林，你也和先生一块儿过去看着。"

于是，博士和小林少年便来到走廊一头博士的研究室里，透过玻璃窗观察起埃及馆的门来。从那扇玻璃窗到埃及馆的门口，差不多有个十米的距离。因为走廊上亮着灯，所以整扇门看得十分清楚。

他们就这么目不转睛地看着走廊上的明智侦探走进了埃及馆里，大约三十秒后，他再次来到走廊上。然后,开着门,背对着这边,朝门里探头望了望。

紧接着,一件不可思议的事情发生了。

门里面,竟然站着一个人。犯人赤井还被绑在椅子上,所以他不可能出现在这里。既然如此,那个人又会是谁呢?总不会是有个人,凭空从房间里冒出来了吧?

昨天,是一个大学生消失了。而今晚恰恰相反,是有个人无端端地冒了出来。

明智侦探同那个男人低声交谈了一阵,然后转过身来朝这边点了点头,然后就这么走进了房间里,把门关上了。

博士和小林见此情景,再也忍不住了,连忙从研究室里出来,朝埃及馆的方向跑了过去。

等他们到了,明智侦探再一次打开门,把他们俩让进了屋。

"刚才确实有个男人站在这儿吧?不过,你们瞧,这间房里除了赤井,再没有别人了。"

说完，他露出了笑容。

房间另一头的角落里，赤井依然被绑在椅子上，瞪着眼，表情狰狞。

"刚才那个人，总不会是赤井吧？"

博士满脸的难以置信。

"不是他。我就算动作再快，要先解了他的绑，再重新把他绑回去，时间肯定是不够的。刚才出现的是另一个人，而不是赤井。"

"那，那个人又去哪儿了呢？"

"消失了呀。就像昨天那个大学生一样。"

"想不通。太不可思议了。这怎么可能呢？"

博士显得十分困惑，不停地四下张望。

"哈哈哈哈……其实没什么大不了的。请看这个。"

明智侦探说着，朝门口走去。

那么，这扇门就是秘密的关键了？究竟是怎样的一个秘密呢？各位读者，在打开下一章之前，请开动脑筋，好好想一想吧。

— 电话的声音 —

明智侦探把门朝走廊方向打开,然后用手指按了按内侧的门板,只听"啪嗒"一声,门上忽然有另一扇门被打开了。也就是说,这扇门其实有两层。

明智把两重门都打开给大家看。在原有的门锁旁边,其实还藏着另一个门锁,而且,从门上打开的另一扇门里,还有一面大镜子。

这门上的另一扇门,其实是一块上了原木色涂料的薄铁板,而镶在里面的镜子也是由一块很薄的玻璃制成,两者合起来,厚度也不过一厘米左右。所以,没有一个人注意到,这扇门其实是双层的。

"最近,这扇门有修理过吗?"

明智问道。松波博士好像想起了什么，点了点头说：

"这么一说我想起来了，大概是十天前，门换过一扇。不知为什么，这扇门的门框忽然歪了，老也关不上，所以就换了一扇门。"

"那么，又是谁负责买这扇门的呢？"

"是赤井。这些事儿，通常都是赤井的业务范畴。"

"那么，就是赤井订制了这么一扇有机关的门。想必也是花了大价钱吧。毕竟是这个大变活人的魔术必备的道具嘛。"

"哦，这么说，这面镜子是……"

"没错。昨天，站在走廊上的赤井的身影，也映照在了这面镜子里。赤井和那个大学生都穿着黑色的衣服，走廊里也很昏暗，从你的研究室里，根本就看不清他们的脸。所以你错把那个身影认成是那个大学生了。因为先生你相信那个大学生当时就在这间埃及馆里。"

赤井就是这样制造出这卷埃及经文的诅咒的，为了让所有人相信这个房间里会发生一些怪事。

但是，要订制这么一扇机关门，光靠一个勤务员的微薄薪水是做不到的。赤井其实是别的什么人假扮成的勤务员。说不定，还是一个真正的大盗呢。

"嗯——这个手法还真是费了一番周折啊。这么说来，刚才和明智先生交谈的那个男子，就是这面镜子里的明智先生的倒影啊。既然是倒影，那会消失也是理所当然的了。只要把双层门关上，让它恢复成原来一扇门的样子就行了。"

小林少年看着这扇门上的机关，也是心服口服。

"先生，这么说您白天来调查的时候，就已经发现这扇门的秘密了？"

"是的。不过，我对松波先生还有你都没说。要是知道这扇门的秘密被揭穿了，犯人一定会逃跑的。"

这时,被绑在一边椅子上的赤井忽然变得越发可怕了起来。大家原本以为他只是一个上了年纪的勤务员,这下子,都开始觉得他越看越像一个大恶人。

"赶紧报警,然后把这家伙交给警察处理吧。"

松波博士说罢,跑出了房间,到另一头的研究室里打了一个电话,随后又折了回来。

"对这家伙的调查,就交给警察吧。他肯定是个有名的大盗。"

明智说道。

"不过,多亏了您,埃及经文得救了,盗贼也抓住了。拜托明智先生您来解决这件事,真是再正确不过了。"

装在银盒子里的经文,正原封不动地摆在桌子上。

三人你一言我一语大概聊了三分钟,外头街上已然传来了警笛的声音,一辆警车停在了研究所门前。

小林下楼去打开玄关的大门，领着两个身穿制服的警官来到了埃及馆内。

警官们都认识明智侦探，于是举起手来郑重地行了个礼。然后，他们听取了事情的经过，便架着赤井上了警车，把他带去了警视厅。

松波博士从外面锁上了埃及馆的门，把明智侦探和小林少年领到了自己的研究室里，又聊了一会儿，不想，深更半夜，他桌上的电话竟然响了起来。

博士接起电话，对方却说：

"让明智侦探听电话。"

既然对方这样要求，明智便接过了听筒。

"喂，是明智吗？啊哈哈哈，真是太愉快了。我是谁，你猜猜看？"

只听得听筒的另一端，一阵沙哑的声音传来。

明智侦探的脸色猛地一变：

"谁！你是谁！"

"呵呵呵呵……我是赤井啊。我已经恢复自由了。刚才那辆警车上的两个警察是假冒的。哈哈哈哈……聪明绝顶的明智这下子可失算了吧？不，等等，我再告诉你一件让你惊讶的事情吧。赤井其实并不是我的真名。你知道吗？我是有二十张脸的男人。呵呵呵呵……就是那个你们叫做怪盗二十面相的大盗！"

说完，对方干脆地挂断了电话。

— 电话的秘密 —

明智放下听筒，转达了刚才的对话，所长松波博士和小林少年对望一眼，都吃了一惊。

"可是，我刚才明明去那边的房间，用电话报了警啊。这么说来，真正的警车难道还没到？"

松波博士自言自语道，觉得事情很是蹊跷。

"这不可能。从刚刚到现在，已经过了不少时间了。警车不大可能会这么晚到，这里头一定有什么原因。"

明智说着，拨了几下刚才那部电话的号码盘，然后把听筒贴在耳边。

"奇怪，电话好像出故障了，必须调查一下。"

说完，他离开了埃及馆，来到另一头博士的研究室里,拿起电话拨了拨,发现它果然也是坏的。

紧接着,明智检查了电话线,又打开窗户,观察了一下黑漆漆的院子,随后似乎想起了什么,忽然冲出房间,跑下楼梯,来到了院子里。

在院子一角有一个很小的杂物小屋。明智点亮事先准备好的手电筒,打开小屋的门,朝里头看了看。

"啊,就是这儿,这里有一部电话!"

他大声喊道。

"二十面相切断了那两部电话的电话线,通过别的线路把它们连接到这部电话上了。然后他让部下等在这里,模仿警官的声音接了报警电话。所以,刚才的电话根本没有拨到真正的警察局去。"

难怪真正的警车没来。

"这家伙究竟是什么时候做的这些准备?真是太可怕了。"

松波博士心有余悸地嘟哝道。

而小林少年,则按照明智侦探的指示跑出了房门，用公用电话向警视厅报告了事情的经过。

博士和明智侦探回到最初的埃及馆内商量对策。

"不过，幸好埃及卷轴被救下来了。虽然让犯人给逃了，但装卷轴的箱子还在。真是多亏了明智先生您啊。"

松波博士打开桌上的银盒子，确认卷轴还在里面，于是感谢道。

"可是，我们还不能掉以轻心。谁也不知道下一次他还会使出什么手段来偷卷轴。如果可能，我建议在这个埃及馆里只放空的银盒子，把里头的卷轴挪到别的盒子里保管为好。"

听明智这么一说，博士也很赞同：

"我也是这么想的。我在世田谷区一个安静的街区新修了一套住宅，最近刚建好。我准备把卷轴装在一个普通的木盒里，每天带回我的住处。"

"我也建议您这么做。一定要选一个毫不起眼的、朴素的木盒。"

没过多久，警视厅的中村组长带着三个部下赶来了，然而他们也没发现什么更有价值的线索，所以这件事咱们就略过不提。

接下来，放入木盒子的卷轴究竟又会经历怎样的命运呢？当然，二十面相并没有放弃他的偷盗计划。很快，二十面相就会使出更加不可思议的魔法，制造另一个令人意想不到的可怕事件。

第三天的晚上，就在松波博士的新家里，又发生了一件不可思议的事情，然而目击事情始末的，却是住在博士家隔壁的公司高管西村先生的儿子——正一。

— 会 动 的 手 腕 —

　　西村正一是一个小学六年级的学生，这天晚上，他正在二楼自己的学习房里做作业。

　　透过窗户，能看见隔壁松波博士新房的二楼，中间只隔了大概十米的距离。从这边能清楚地看到对面是一间宽敞的西式房间，墙上刚贴了壁纸，屋内还什么都没来得及布置，显得空荡荡的。在这间房的正中间，只放着一张小圆桌，不过屋里的照明倒是十分华丽。只见天花板上垂下来一盏装饰着许多玻璃珠的吊灯，照得整个屋子明晃晃的。

　　窗上的四扇大玻璃窗门紧闭着，但玻璃窗门都是整块玻璃做的，所以屋内的情形能看得十分清楚。

房间里一直没人，只是亮着灯，然而没多久，墙壁左侧的门开了，一个十分优雅的老人走了进来。正一并不知道，这个人其实就是松波博士。这会儿，他大概刚从研究所回来。

　　老博士十分小心地捧着一个小木盒子，把它放在了房间正中的桌子上，然后正要打开。就在这时，门外似乎有人叫他，于是博士转向了那一边，似乎在说着什么，嘴唇不停地动着，然后表现出一副很不耐烦的样子，匆忙开门走了出去。

　　那个木盒子还放在桌上。估计老博士是打算去去就回，所以就把它放在桌上了。

　　然而，博士一直没回来。没什么摆设的房间空空荡荡的，十分安静。因为墙纸是崭新的，所以灯光显得异常明亮。

　　正一在自己的学习房里，正目不转睛地观察着。

　　"肯定马上就会发生什么。"

　　他莫名生出一种奇怪的预感。

果然，在这间明亮的房间里，发生了一件极其令人费解的事。

那个小圆桌上，忽然冒出了一个白花花的东西。随后，那东西朝着桌上的木盒子径直滑了过去。

难道是只大虫子？不对，那不是虫子。

啊！那是只手！是人的手！一只人类的手，正在桌面上爬行！

那张桌子总共有三个桌脚，透过桌脚能看到另一边的壁纸。所以桌子下面不可能藏着人。不见人的身体，只见一只人的手腕正在移动。

正一吓得一身冷汗，这太难以置信了！

然而，怎么看，那都是一只人的手腕。它就像一只巨大的虫子，一点点朝木盒子逼近。

啊！它终于抓住木盒了！紧接着，只见那手腕向上一抬，就和那盒子一块儿消失得无影无踪了。

居然有一只手腕偷走了盒子，然后消失了！

正一感觉自己就像是做了一场噩梦。然而，这偏偏又不是梦。

在对面二楼，确确实实发生了一件仿佛闹鬼似的怪事。

于是正一赶紧跑出房间，下了楼，进了父亲的书房。然后，他把刚才发生的事情，一五一十地说了一遍。

他的父亲西村先生听了他的话，笑道：

"这怎么可能呢？你怕是产生幻觉了吧？"

他对正一所说的丝毫不以为然。

"不是的，那绝不是幻觉！我清清楚楚地看到了！爸爸，那说不定是二十面相！"

"嗯？二十面相？"

这下就连西村先生也吓了一跳。

"我们隔壁，是松波博士家吧？不是听说二十面相前几天刚刚潜入过松波博士的研究所吗？说不定，那个消失的木盒子里，装的就是那个埃及卷轴呢？"

正一是一个聪明的孩子，他很快便察觉到了这一点。

听他这么一说，西村先生也没法再不当回事了。他也在报纸上读到过关于古代研究所事件的报道。

"那我现在就和你一块儿到隔壁去，把你看到的事通知他们吧。"

"好！我也这么想。"

于是，西村先生便带着正一来到了松波博士的新家。

刚一到门口，发现博士家里已经上下一片慌乱。

松波博士的妻子很早就去世了，他们也没有孩子，家里就只有一个书生、一个老妈子和一个女佣，现在，家里的四个人正在家里来来回回，转来转去。

尽管如此，见隔壁的西村先生来访，松波博士还是把西村先生二人迎进了一楼的待客室。这个房间和二楼的不同，摆放着各种各样的装饰。

"把你看到的情形讲一讲吧。"

在西村先生的催促下，正一将刚才那一系列不可思议的情形原原本本地讲述了一遍。

听完，松波博士点点头说："哦，原来是这样。这下我明白了。其实，我也看到了那个抓着盒子的手腕。所以正一你看到的绝不是什么幻觉。"

"那个时候，先生您也从门外看到了是吗？"

正一问道。

"不，我不是在那个房间里看到的，是在楼梯上。我看见一只抓着盒子的手腕悬在空中，飘下了楼梯。简直是见鬼了。我大吃一惊，赶忙去追那手腕。

"然而，那手腕躲过我的手，飘下楼，沿着走廊，往玄关的方向飞过去了。就那么轻飘飘地悬浮在空中，速度奇快。接着玄关的门竟然自动打开了，然后那手腕就这么从门口飘到外面去了，而且还抓着盒子。那个盒子里，装着珍贵的埃及卷轴！我不顾一切地追了上去。然而，等我追到外面的时候，手腕和盒子都已经不见了。感觉它们好像已经悄无声息地飞到天上去了。那之后，我们又是打电话报警，又是打电话通知明智先生，全家人忙成一团。"

说完这番话，松波博士十分失落地垂下了头。

"先生！"

这时，正一忽然大叫了一声。

"说不定是透明怪人！二十面相很久以前曾经扮过透明怪人。这一次，他也许就是用了相同的手法！"

正一有朋友是少年侦探团的团员，对二十面相可是非常了解的。

哦，透明怪人。二十面相难道真的会施展魔法，变成透明怪人吗？如果真是这样，接下来还会发生怎样令人意想不到的事呢？

空中的声音

得手之后，二十面相销声匿迹了一个月。

然而，一天晚上，在港口区安静的住宅区里，恩田先生家又发生了一件可怕的事。

恩田先生是三木珍珠股份有限公司的高层管理人员。家人只有他的妻子和独生子章太郎，总共三个人。剩下的，就是雇的人了，兼任章太郎家庭教师的书生山口武雄在他们家被当作家人一样看待，平日里都和他们三人同吃同住。

这天吃过晚饭，这四个人和两位客人一起在西式房间里围着一张大桌子坐着。所谓的客人，其实是恩田先生公司里的员工友田先生，和家里的亲戚北川先生。

今天是恩田先生的生日,所以他邀请了这两位客人共进晚餐,之后,他们齐聚在房间里,一块观赏着桌上的一件东西。

那是一个十分精美的大象摆件。象身差不多二十厘米高,全身上下镶满上千颗珍珠。象眼是一对黑油油的猫眼石,光一颗,就价值数十万日元。

象的全身加起来,真不知得值多少钱。

这尊珍珠象,是三木珍珠公司很早以前在法国一个大型展览会上展出的珍品,现在转让到了恩田先生手上,被视为珍宝。

"我去年也见过这件宝贝,真是无论什么时候看,都是这么美啊!这尊象的身形栩栩如生,这些珍珠的成色,更是美得难以言喻。"

亲戚北川先生忍不住感叹道。

"一年只能见这一次,才是它的价值所在啊。就连恩田先生的家人,恐怕也是只能在恩田先生生日这一天,才能得以一见吧。"

公司员工友田先生说道。

的确,就连他的独生子章太郎,还有他妻子,也很难得见这件宝贝。

章太郎正读小学六年级,他每年都非常期待能看一看这尊宝象。记得小的时候,他就特别喜欢大象,还拥有很多大象的玩具,但它们和这尊宝象相比,全都不值一提。

"真不可思议。那家伙,为什么对这样的一件稀世珍宝毫不在意呢?"

北川先生忽然没头没脑地说了这么一句。

"那家伙,是指谁?"

恩田先生问道。

"怪盗二十面相呀。"

"你说什么?"

见他挑起一个这么晦气的话题,恩田先生不悦地皱了皱眉。

"那家伙对于稀罕的艺术品从来不会错过。听说,他在自己的藏身之处用所有偷来的艺术品建了一间华丽的美术室呢。前阵子,他偷了一个埃及的卷轴，被报纸大肆报道。居然会没注意到恩田家的这件宝贝，那家伙也太大意了。哈哈哈……"

北川先生开了一个令人不悦的玩笑。

然而，正在这时，顺着北川先生笑声的余音，不知从何处竟传来了另一个微弱的笑声。

而且这笑声还一直在屋里回荡着。

在座的众人皆变了脸色，面面相觑。章太郎的妈妈已然吓得脸色苍白。

"是谁！"

家庭教师山口青年猛地站起身来，拉开了房间的门，然而走廊里没有一个人影。

"哈哈哈哈……"

若有若无的笑声，渐渐变得清晰起来。

这一回，山口又从窗口朝黑漆漆的院子里环视了一圈，也没有一个人影。

"哈哈哈哈……再怎么找也没用，你们是看不见我的。我早就注意到了，这件珍珠摆件，我以前就听说过。总有一天，我会来取走的。"

只听得说话声在空无一物的半空中回响。众人搜遍了房间的每个角落,却没找出半个人来。

"啊!是透明怪人!"

想到这儿,章太郎大声叫嚷了起来。

恩田先生赶忙将珍珠象放回盒子里,然后抱起盒子,冲到了走廊上。家庭教师山口青年也紧随其后。

没多久,恩田先生和山口青年又回到了原来的房间。放宝贝的盒子已经被放回了地下室的金库里。金库门锁的密码除了恩田先生没有任何人知道,所以是安全的。而且,通往地下室的入口也被牢牢地锁住,钥匙也在恩田先生手上。

"话说回来,在我旁边感觉好像站着一个人似的。难道就是透明怪人?"

听北川先生这么一说,章太郎的妈妈也开口了:

"是啊,我也感觉到了。在我身后,好像有什么人很快地走过去了。啊,真可怕。他不会还在这附近吧?"

这时,仿佛在回应她似的,那笑声又一次响了起来:

"哈哈哈哈……我就在这儿。不过,今天我先回去了。我还会再来的,你们自己小心吧。"

说话声渐行渐远,最终消失在了空气中。

"他要是真想偷珍珠象,何不一把抢过来然后逃走呢?光让我们听见声音就走,这太奇怪了。难不成,他故意制造透明怪人的假象,在某个地方安装了隐形扩音器,用声音吓唬我们?"

因为北川先生这番充满疑虑的分析,一群人将整个房间搜了个遍,墙壁上、天花板上、地毯下面,一处也没落下,然而没有一个地方装了类似扩音器的装置。

浮在空中的花瓶

这下子，家里算是闹翻了天。恩田先生把这一切通知了警察，拜托他们在他家周围巡逻。尽管如此，这天深夜在章太郎的卧室里，恐怖的事情还是发生了。

这个房间既是章太郎的学习房又是他的卧室，房间一侧的窗户边上摆着他的书桌和书箱，而另一角，则放着他的床。

章太郎是九点左右上的床，可刚刚发生的事太可怕，害得他根本睡不着。他在床上辗转反侧了好一阵，好不容易迷迷糊糊睡过去了，又被噩梦给惊醒了。

也不知这是他第几次醒过来了。但这一次，

他却看见正对着床头的印花窗帘似乎轻轻飘动了一下。

他心里觉得奇怪，于是瞪圆了眼睛，朝那里仔细看。

书桌上放着一个座钟，一个紫色玻璃花瓶里插着一束漂亮的花，一旁还有笔架什么的。座钟上的指针已经指向了十点半。

正瞧着，忽然，那玻璃花瓶好像动了一下。看上去像是有什么人用手挪了它一下。章太郎吓了一跳，视线就这么牢牢地盯在花瓶上了。

紧接着，那花瓶竟然朝着这边一点点滑了过来！

很快，它就滑到了书桌的边缘，但它并没有停下的意思，而是继续朝这边滑动，随即离开了书桌，但也没有掉下去，就这么飘浮在了空中。

章太郎躺在床上，吓得整个身子都僵住了，动弹不得。他想把视线挪开，然而做不到。

那花瓶离开书桌，悬在空中上下浮动了一会

儿，便像被什么人给拿起来了似的，猛地朝上升了一段，然后，又停在空中，飘飘悠悠，左摇右晃起来。

目测那高度，正好和一个成年人把花瓶捧到胸口差不多。

章太郎感觉自己能隐约看出一个人的轮廓。那是一个透明的、又好像带着点雾气、仿佛由水做成的人形。

忽然，花瓶又悄无声息地飘了下来，回到书桌上原来的地方，不再移动了。然而，那个透明怪人影，似乎还留在附近。

这时，不知从什么地方忽然冒出了一根卷烟，定定地横在了空中。看样子好像有一个看不见的家伙正把它叼在嘴里。

这根烟不知怎么的就点着了。随后，那红色的火光就像一只萤火虫，一闪一闪的，时暗时明。火光每闪烁一次，空中就飘出一股白烟。

没过多久，大概在人脸的高度，满是白花花的烟雾。

　　这景象，简直说不出有多瘆人。明明不见有人，却有一支烟被点燃了，还时不时地吐出烟雾。

　　这烟大概吸了两分钟，便消失了。

　　可是，那个看不见的家伙还在房间里。他似乎一动不动地站在那儿，盯着章太郎。甚至，那水雾般模模糊糊的身影，好像正一步一步地朝这边走过来似的。

　　章太郎很想呼救，但他的嘴已经动不了了，没法发出声。

　　憋了老半天，才好歹挤出了微弱的一声：

　　"救、救命……"

　　那看不见的家伙闻声似乎吃了一惊，打开门，朝屋外走去了。只见那门自己打开后，又重新合上了。

　　很快，走廊上就传来一个人急匆匆的脚步声，接着门被猛地推开，那人冲进了房间里。

　　是家庭教师山口先生。

"小章，怎么了？刚刚是你在叫？"

章人郎脸色苍白，嘴巴开开合合好几下，愣是说不出话来。好一会儿，他才结结巴巴地把刚刚发生的不可思议的一幕讲了出来。

"嗯——那家伙，果然是潜入家里来了。我说不定和他在走廊上还擦肩而过了呢。"

山口先生说是要去通知恩田先生，又冲出了房间。

于是，家里又一次炸开了锅。女佣们也全都起来了，大家都吓得发抖。

恩田先生立刻给警署打了电话。警方随即派了两个刑警过来，在家里细细搜查了一番，可无奈对手是个肉眼看不见的家伙，最后也是束手无策，只得再三提醒要锁紧门窗，便回去了。

—不可思议的格斗—

话说这怪盗二十面相化身透明怪人出现在恩田先生家里,扬言要偷走他家的宝贝——那尊珍珠宝象。于是,恩田先生想尽了一切办法要阻止他。

珍珠宝象就锁在地下室的金库里。现在,就连地下室入口那块厚实门板的把手也牢牢地上了锁,即使是家里的人,也没办法接近金库。

恩田先生拜托警方派了两个刑警过来,一个人在恩田家前门,一个人在后门,时刻不停地进行巡逻。

然而,就在第二天早上,在恩田先生家的院子里,再次发生了恐怖事件。

恩田先生的儿子章太郎那时候正在自己学习房

的窗边望着院子。

院子里种了不少树木,刚好在章太郎窗前的正面,就种了一棵山茶树,郁郁葱葱的枝叶间,只有一朵殷红如血的花孤零零地盛开着。

章太郎也不知为什么,无法将视线从那朵鲜红的花朵上移开。总觉得那朵花有一种奇妙的吸引力。

忽然,那朵花仿佛被什么人给摘了下来,离开了枝头。然而,它并没有落地,而是在空中无声地飘动起来。

它已经飘离了树的周围,并不见上头有线吊着,顶上什么也没有。

接着,它又在空中来回飘舞了一阵,终于停住不动了。

那个地方要是站着个人,花刚好就停在人脸的位置上。

一个肉眼看不见的人,似乎捧着一朵花,细细地观赏着。这可吓坏了章太郎,那肯定是透明怪人啊！那透明怪人摘了一朵山茶花，正欣赏着呢！

得赶紧告诉爸爸才好，章太郎心里想着，刚站起身来，只见从院子的另一头，有个人走了过来，正是家庭教师山口青年。

山口似乎也注意到了停在空中一动不动的山茶花，当场就愣住了。但他立刻回过神来，稍稍调整了姿势，忽然猛地朝那朵花扑了上去。

顿时，两个身体相撞的声音传了过来。虽然肉眼看不见，但确实是有个活人站在那儿。

紧接着，一阵激烈的厮打开始了。

山口青年真是英勇非凡。他大口喘着粗气，一张脸通红，好不容易把对手给扑翻在地，然后索性骑到了对方身上，似乎狠狠地掐住了他的脖子。

然而，对手是鼎鼎大名的二十面相，哪会这么简单就束手就擒？

只见山口忽然被推倒了，那个看不见的家伙又气势汹汹地爬了起来。

山口又一次朝对手扑了上去，然而他似乎吃了对方一记上勾拳,下巴一仰,倒在了地上。

"可恶!好家伙,别想跑!"

山口再次爬了起来,扑到对方身上,呜呜低吼着和对方扭打在了一起,可一刹那,山口的身子忽然腾空被抛了起来,画了个半圆摔在地上。那个看不见的家伙竟然使出了柔道里的伎俩!

没等山口爬起来,那家伙似乎又骑到了他的身上,掐住了他的脖子。只见山口没挣扎多久就没了力气。

"哈哈哈哈……认输吧!我可是柔道五段的高手,就凭你这两下子,根本奈何不了我。"

只听得半空中响起了一个人的声音。

这时,他好像注意到了什么,又说:

"啊,章太郎你也在这儿吗?不用担心,我不会把你怎么样的。不过,你得帮我到你父亲面前带个话,你就说,今晚让他小心点!没错,就是那尊宝象。今晚,它可就要没了。干脆给你们定个时间吧,就晚上十点好了。今晚十点整,我会把它偷走，你们等着瞧。你可要一字不差地转告他！我二十面相，是绝不会食言的。听明白了？哈哈哈哈……那我就告辞了。"

那笑声渐渐远去，最后消失在了院子的树丛背后。

山口青年总算爬了起来。为了尽快通知爸爸，章太郎连忙朝屋里跑去。

这之后，守在外头的两个刑警被叫了进来，把整个院子搜了个遍，可对手毕竟谁也看不见，最终毫无收获。他到底是逃走了，还是留在附近徘徊，没人知道。

这下子，除了大家齐心协力对地下室的金库严防死守，再没别的法子了。

—可爱的女孩—

章太郎是个小学六年级学生，这天，他来到学校，把透明怪人的事悄悄告诉了同班的朋友竹内。而这个竹内，正是一个加入了少年侦探团的聪明少年。

"嗯——那人真是二十面相？那你可以去找我们团长小林。我们和这个二十面相已经斗了很长时间了，对我们来说，他是最可恨的敌人。小林团长一定会助你们一臂之力的。"

听竹内这么一说，章太郎决定一放学便和竹内一道去一趟小林少年所在的明智侦探事务所。

"那我和家里打个电话，说我晚点回家。"

来到街上的公用电话亭，章太郎从口袋里摸出一枚十日元的硬币，正要拨电话时，却听见竹内在一旁悄声说：

"你可不能说你要去侦探事务所，透明怪人说不定会在哪里偷听。你就说，你是去我家玩。"

于是，章太郎照他说的打了电话，然后两个人坐着巴士，前往麴町的明智侦探事务所。

幸运的是，小林少年刚好在事务所里，于是立马把他们俩领进了自己的房间。

少年侦探团团长小林芳雄的照片经常登上报纸，所以，章太郎认识他。小林大概中学三年级左右吧，模样挺显小，笑容可掬，是个很清秀的少年。

就这么一个孩子模样的人，到底是怎么和那个可怕的二十面相斗的？章太郎觉得有点不可思议。

"这是我的朋友，恩田章太郎。二十面相打算偷恩田父亲的宝物，听说今晚行动！"

等竹内介绍完，章太郎礼貌地行了个礼，就把事情的来龙去脉详细地说了一遍。

"是吗？那家伙原来扮成透明怪人了。明白了，我这就去和明智先生商量一下，你们稍等一会儿。"

说完，小林少年走出了房间。没多久，他回来了，笑眯眯地说：

"先生的智慧果然了得。他已经完全看透了二十面相的手法。现在，我和先生正在策划一个妙计。为了这个妙计，恩田，明智先生想和你爸爸通个电话，商量一下。能告诉我电话号码吗？"

记下了电话号码之后，小林少年又一次走出了房间。

他所说的明智先生，就是大侦探明智小五郎。在此之前，明智侦探曾经好几次逮捕了二十面相。然而，狡猾的二十面相，不管进多少次监狱，都能从里头逃出来，就像会使魔法似的。

所以，明智侦探和二十面相一直就是势不两立的宿敌。正因为如此，二十面相的伎俩明智侦探全都了如指掌。而且，明智每次都能利用二十面相的破绽，攻他个措手不及。这一次，明智又打算用一个什么妙计呢?

　　章太郎和竹内等了大约二十分钟,两人正猜想明智侦探到底和章太郎的爸爸说了些什么,只见入口处的门被打开了,一个楚楚可怜的少女走了进来。

　　"欢迎你们。"

　　少女开口说道,随即十分礼貌地行了个礼。

　　难道是女佣?

　　然而,紧接着,那少女却偏了偏头,目中含笑地问道:"还认得我吗?"

　　好像有哪里不对。

　　章太郎和竹内都眨了眨眼睛,满腹狐疑。

　　"哈哈哈哈……是我,小林啊!我试着变了个装。"

　　这一次,他用了大家熟悉的小林少年的声音。这变装真是太成功了。谁也没看出来这个人就是小林,完全就是女孩子的样子!

　　可话说回来,小林少年为什么要变装呢?

"其实，刚刚明智先生和恩田的爸爸在电话里商量，决定让我假扮成女孩子，冒充你们家的女佣。如何？谁也看不出来我是男孩子吧？"

"你扮成我家的女佣，是为了抓住二十面相？"

"没错，我想应该能成功。刚才先生和你爸爸的对话，你家里的人都不知道。让他接听电话的时候，也没说是明智先生打的。所以，我要假冒女佣的事，除了你的爸爸妈妈，没人知道。表面上就说是之前就雇好的女佣今天才到，你也配合一下。"

"可为什么你要扮成女佣呢？"

章太郎心里似乎还有点疑惑不解。

"这是有特殊原因的，现在还必须保密，到时候，你自然就会明白的。"

他们正聊着，门又打开了，一个高个子的大人走了进来。这个人章太郎是第一次见，但因为报纸上经常刊登他的照片，章太郎认得出，这个人正是大侦探明智小五郎。

"啊，先生，这位就是恩田章太郎。"

小林少年介绍道。章太郎和这位有名的私家侦探是头一回见面,紧张得有些脸红,恭恭敬敬地行了个礼。

"你一定很担心吧?不过,有小林过去,就不会有事了。你别看小林还是个孩子,但他机智勇敢,过去曾经立下过不少功劳。小林还凭自己一人之力抓住过二十面相呢。我和你爸爸也说了,要是出了什么意外,我也会过去帮忙的,什么都不用担心。"

安慰过章太郎,明智侦探转向打扮成少女模样的小林少年:

"你扮得挺不错。扮成这个样子,肯定不会被人看出来的。再说,你也很擅长用女孩子的口吻说话。等到了恩田先生家,你可得处处小心,做得漂亮一点。"

收下明智先生的鼓励,小林少年和章太郎分别朝恩田家赶了过去。而章太郎在半路上和竹内道了别,也回自己家去了。

终于，到了晚上。这个怪盗二十面相，为了偷走那尊珍珠宝象，到底还是潜入了恩田家里，依然是扮作那个透明怪人。

而扮作少女的小林少年，究竟要用什么方法逮捕二十面相呢？一场少年侦探和怪盗之间的较量，很快就要上演了。

二十面相的真面目被小林少年揭穿的时刻，就快要到来了。

不过，二十面相真的会让自己的真面目被轻易地揭穿吗？

—奇怪的脚印—

就这样,时间一分一秒地接近说好的夜里十点。趁现在闲着,咱先来说说在此之前发生在恩田先生家里的另外一件事好了。

就在章太郎他们刚刚到达明智侦探事务所的时候,古代研究所所长松波博士来到了恩田先生家。

这位松波博士,便是此前被二十面相偷走了埃及卷轴的那个考古学者。二十面相扮作透明怪人,就是从偷走那个卷轴的时候开始的。

松波博士听说这一次轮到恩田先生被二十面相给盯上了,想着应该把自己的经历告诉他以供参考,于是给恩田先生打了个电话,来到他家。

因为玄关的门铃响了,家庭教师山口青年出来开门，只见这个胡子和头发一样雪白的老绅士铁青着一张脸冲进了屋子，然后"砰"的一声关上了玄关的门：

"快，快把这扇门给我锁上！"

山口青年十分纳闷，反问道：

"您是哪位？为什么要锁门？"

"我就是松波，和府上的主人在电话里约好才来访的。总之，请先把这扇门给锁上。要不然，那个看不见的二十面相就溜进来了。"

老绅士一边紧握门上的把手，一边认真地说道。

山口青年听了这话，赶忙要去拿钥匙锁门，然而那老绅士又慌忙叫住了他：

"顺便，也让人把后门给锁起来吧。然后，窗户都要关上，要让人在外头打不开。"

"明白了。"

这个山口青年可是吃过透明怪人苦头的，要真让那家伙进来可就糟了，于是，他听了老绅士的话，把后门还有窗户都一一锁上了。

恩田先生从山口口里听说了这件事，于是也帮着他关门关窗。

不久后，恩田先生和松波博士来到会客室，隔着一张桌子坐了下来。

"窗户全都锁上了。不过，您怎么知道透明怪人会来呢？"

恩田对此感到有些诧异。

"我一路跟踪那家伙，一进您家的大门，就赶紧赶在他的前头冲进了玄关。那家伙确实已经进了您家大门了。"

松波博士的脸色还没有缓过来。

"可是，您又是怎么知道的呢？对方不是没人能看见吗？"

"因为脚印。您不妨先听我说完，事情是这样的。我刚和您通完电话，就坐着巴士过来了。等我下了车，走到您家附近时，忽然感觉前头似乎走着一个人。我看不见他，但是，我就是有这种感觉。

忽然，我想起了那个可怕的透明怪人，说不定，就是那个肉眼看不见的家伙正走在我前面呢？想到这儿，我吓了一跳。于是，我就凝神观察地面。就算是透明怪人，也应该会留下脚印吧？可是我没法确认，因为一路上都铺了柏油，根本不会留下脚印。走着走着，就到了您家门前差不多五十米的地方。这时，发生了一件奇怪的事。柏油路面有些凹凸不平，积了些水洼。那水洼就像有人丢了石头进去似的，一下子溅起老高。然而周围一个人也没有，水洼里也不见有石头。紧接着，水洼前头忽然出现了一个印子，看上去就是一个光脚的脚印。后来，那脚印又出现了第二个、第三个、第四个，越来越多，并且朝前方延伸了出去。不见有人，只有脚印留了下来，那就是透明怪人。是那家伙不小心踩了水洼，才在干燥的柏油路上留下了带水的足迹。眼看您家的大门就在眼前了，我想他一定是想潜入您家里去。于是，我急忙沿着脚印追了上去。我见那串脚印进了您家的大门，在石板上继续留下了浅浅的痕迹。于是，我想超过他，就突然跑了起来，赶到了那串脚印前头。然后，我才冲进玄关关上门，让你们给门上锁的。"

松波博士的这番令人毛骨悚然的经历，总算是讲完了。

就在这个时候……

—透明怪人就在家里—

这两个人正说着，会客室的门忽然"吱呀"一声打开了，随后又关上了。肯定是有什么人进来了。然而，却不见任何人的身影。于是两人都吃了一惊，身体不由自主地离开了椅子。

紧接着，走廊上响起了拖鞋啪嗒啪嗒的响声，门被粗鲁地拉开了，家庭教师山口青年冲了进来。

"先生，太奇怪了。刚才我从走廊上走过，看见这扇门自己打开，然后又自己关上了。那家伙，好像已经潜入我们家里来了！"

山口的脸色变得铁青。

"可是，哪里有地方能让他进来呢？后门和窗户都锁上了呀！"

松波博士一边在屋里四下张望一边说道。

"那家伙动作可快了,肯定是在我们忙着关窗的时候从还没关上的窗户爬进来的!"

说完,三个人无奈地相对无言。那家伙就在这栋房子里,虽然不知道他在哪儿,但他确实在。他们甚至能隐约听见他的气息。

"哈哈哈哈……"

从某处传来一阵低沉的笑声,随后,又响起了那家伙令人极不舒服的声音:

"正如你们想的那样,我就在这里。山口说得没错,我动作快,从窗户溜进来了……现在还早呢,趁这段时间,我就好好参观一下你们家吧。呵呵呵……"

"可恶的家伙,你休想再跑!"

说话间山口青年抬起双手,在房间里扑来扑去,想要逮住透明怪人。

山口在透明怪人那儿吃了苦头,所以很想报仇。

他在屋子里扑了一圈，在门口附近好像和什么东西撞了一下，打了个趔趄。

"好，抓住你了！"

只见他和那个看不见的家伙扭打了起来。

恩田先生和松波博士正准备扑过去帮山口的忙，然而就在这时，门开了，山口和那个看不见的家伙拉拉扯扯，顺势跌倒在了门外的走廊上。

随后只听到走廊上传来一串急促的脚步声。

"哼！你可别想跑！"

又是一阵人和人格斗扭打的声音，紧接着听到有人呻吟了一声。

恩田先生和松波博士循着声音传来的方向追了上去。

"糟糕！听上去不妙！"

两人转过走廊拐角，一眼就看见山口青年仰面倒在地上。

"喂！山口！振作点！"

恩田先生抱住山口扶了起来，只见他揉着下巴说道：

"又让他给跑了！"

于是，现在谁也没法知道那透明怪人究竟在哪儿了。虽然，他肯定是在这房子里的某个地方，但是，毕竟谁也看不见他，所以任谁都拿他没办法，这才是最可怕的。

"我担心地下室。喂，山口，你快去把在我家外头巡逻的警官叫进来。我们大家必须齐心协力，守住地下室。快去！"

"现在这个情况，我也不能回去了。十点之前，我也留在这儿帮你们的忙吧。"

松波博士对那个二十面相也是十分痛恨，会这么想也是情理之中。

于是，恩田先生便和博士一起急急忙忙赶往地下室入口去了。

地下室的入口被一扇重重的门板盖住，一侧装了门轴，能朝里打开。门板被锁锁得严严实实，唯一一把钥匙就在恩田先生手里。

经过仔细的查看，门板现在还锁得好好的。

"入口就只有这一个，只要守住这儿就行了。"

恩田先生简要地说明了情况，山口青年就领着两个警察过来了。

"刚才，我和总部通了电话，叫他们再派三个人过来支援。对手毕竟是那个二十面相，万一让他逃跑，可就不得了了。"

其中一名警察说道。

"是吗？那我们就等那三名警官到了再进地下室吧。万一我们进去的时候让那家伙也偷偷跟进去，可就糟了。"

众人等了一阵，等来了三个十分强壮的警察。

"现在，请五位警官帮忙守住入口。五个人组成人墙的话，就算他是透明怪人，也一定没法通过。而我们几个就进入地下室，守在金库前面。晚饭也让他们送到地下室来，我们坚守到晚上十点。"

进入地下室的时候，大家费了番周折。五名警察手拉着手组成人墙，勉强将门板围起来，只留刚够一个人通过的空隙,待恩田先生、松波博士和山口青年依次迅速地走下去之后,立马关上了门板。紧接着,拿了钥匙的警察又给它结结实实地上了锁。

— 晚上十点 —

在恩田先生的地下室里，主人恩田先生、家庭教师山口青年和松波博士三人在金库前头摆了几把椅子，就坐在那儿守着。

而金库里头，则藏着那尊珍珠宝象，二十面相声称，今晚十点会来偷走它。十点就快到了，一定要严密看守。

松波博士被二十面相偷走了古埃及卷轴，对他是恨得咬牙切齿，所以决定助恩田先生一臂之力，帮忙看守金库。

这个地下室只有一个入口。那儿有一块门板，现在上了锁，并且，外头还有五个警察肩并肩组成人墙，挡住门板。

照这个阵势，无论二十面相多厉害，也别想溜进地下室。

宝象现在暂时安然无恙。再加上金库有密码锁，除了恩田先生，没有人知道密码。要想十点整把宝象偷出来，任谁都觉得不可能。

金库前的三人稳稳地坐在椅子上，他们凝视着金库的门，一直沉默着。虽然他们相信防备是万无一失的，但难免还是有些惴惴不安。谁知道敌人会使出什么伎俩呢？

时间的流逝，仿佛变得无比漫长。

"还有三十分钟就到十点了。"

松波博士看着手表说道。

"是的，我的手表也刚好是九点半。"

恩田先生回答道，脸色十分不好。

大家的心都紧张得扑通扑通直跳。

"话说回来，那珍珠宝象是不是真的在这金库里头？"

松波博士问道。

"没错，是我亲自放进去，然后锁上密码锁的。"

"那是什么时候的事？"

"昨天晚上。昨天是我的生日，我叫了两个朋友一块欣赏珍珠宝象，结果那时透明怪人却出现了，于是我赶紧把它收进了这个金库里。"

"这么说，也过去一天了吧。这一天的时间里，它都一直好好地在里面没出什么岔子？我可是在他那儿栽了个大跟头，总觉得不大放心。那家伙可是会施魔法的啊。"

听松波博士这么一说，恩田先生也开始有点担心了：

"那，我们打开金库，确认一下好了。"

于是，山口青年赶忙从椅子上站了起来。

"请千万小心。那家伙，说不定已经潜入这间地下室了。从刚才开始，我就有种感觉，虽然肉眼看不见，但是除了我们几个，还有别人也在这个房间里。"

"什么？你是说，那家伙就在这儿？"

恩田先生吼了起来。

"不，我也不确定，但我就是有这种感觉。所以，如果一定要确认，那就不要把金库门完全打开，就开一条缝，朝里头看看就行了，这样就没人能把它取出来了。"

山口青年的想法很有道理。只从缝隙里看一看，应该不会有事。

于是恩田先生十分小心地弯下腰，转动密码锁，然后将厚重的金库门拉开大约两厘米左右的缝隙，朝里头瞧了瞧：

"在里面。安然无恙。"

说完，他把金库门关上，锁上了密码锁。

"真在里面？"

松波博士又问了一遍。

"没错，二十面相是肯定没办法打开密码锁的。"

恩田先生终于放下心，露出了笑容。

"又过了十五分钟,现在还剩十五分钟。"

博十看了看手表说道。三个人来回看着自己的手表和金库门,又陷入了沉默。每过五分钟,感觉都像过了一个小时。

— 消失的宝象 —

时间还是向前走着。现在，离十点就差五分钟了。

四分钟，三分钟，两分钟……实在是太慢了！

终于，就剩一分钟了。

嘀嗒，嘀嗒，腕表秒针走动的声音声声入耳，还有六十秒，就到十点了。

三个人全都铁青着一张脸，那表情，就像死刑的期限在一步步逼近似的。

二十秒，十秒……

"啊！还剩五秒了！"

山口青年突然叫出声来。

话音还没落，十点到了。

"十点了……那家伙,终究是没来呀。"

恩田先生长长地舒了口气,自言自语道。

"已经十点过一分了。那家伙说的话没兑现,恩田先生,看来是我们赢了。"

松波博士显得十分高兴。

"哇哈哈……活该!二十面相那家伙终于没辙了吧?他输了!哇哈哈哈,真是太滑稽了!"

山口青年高兴极了,大叫起来。

然而,就在这时——

"我可没有失败。"

一个诡异的声音,不知从何处传来。

在场的三人面面相觑。

哦!是那家伙!他果然潜进这个房间里来了!

"你到底在哪儿?不管你怎么嘴硬,这次你就是输了!金库不是一次都没打开过吗?不开金库门,我看你怎么盗取里头的东西!珍珠宝象可是好好地待在金库里,是你输了!"

山口青年望着空中,大声说道。

"哼哼哼……你就不怕就算不开金库门，我也能偷出来吗？我可是会施魔法的！你们先检查检查金库里头吧，看看宝象到底还在不在。"

恩田先生听他这么一说吓坏了，他飞快地奔到金库前，准备转动密码锁。

"啊，等等。这说不定是他耍的手段！最好别打开！"

山口青年一把拉住恩田先生的手，拦住了他。

"喂，喂，你说什么呢？你以为现在几点了？已经十点过十分了。我既然说了十点整来偷，就不会做出在十点以后下手这么丢脸的事情。你们还是打开金库看看吧，宝象要是还在，你们也好安心不是？"

又是一阵可疑的声音传来。刚才声音是从房间右边的角落传来的，现在，又移到了左边角落。那个看不见的家伙，似乎正随意地在房间里来回走动。

既然对方说到这分上，那可一定要打开看

看了。

"好吧,那我就打开金库。你们两个,到我身边来保护好宝象,别让那家伙从旁有机可乘。"

恩田先生走到金库前,松波博士和山口青年跟在他后面。

密码锁的密码盘被转了几圈,金库门缓缓打开。

啊!怎么回事?一个奇怪的声音响了起来,"噗"——

是铁制的金库门摩擦发出的声音吗……

恩田先生觉得有些可疑,停下了手上的动作。

"打开看看吧,现在迟疑也没什么意义了。"

博士在一旁劝说道。于是恩田先生将金库门完全打开了。

"哎呀!没了!宝象不见了!"

恩田先生大叫了起来。

刚刚还在里面的宝象,竟然消失不见了。

松波博士和山口青年把空荡荡的金库查看了一

遍，确实什么也没有。

博士对房间的四壁也扫视了一遍，说道：

"太不可思议了。就算趁着刚才那一瞬间，透明怪人把它给拿走了，我们也应该看见宝象才对。他应该没有能力让除自己身体以外的东西消失啊？他偷埃及卷轴的时候，也是能看见卷轴本身的。然而，刚才却没有一样东西飞起来，宝象是凭空消失了。"

这到底是怎么回事？金库一直就没打开过，还有三个人看守，那尊珍珠宝象竟然就这么消失了！

"啊哈哈……没想到吧？不管什么样的奇迹，我都能实现给你们看。毕竟我可是会魔法的呀。珍珠宝象我就收下了。我的美术室里可又多了一件宝贝呀！"

说完，那个看不见的家伙如同幽灵一般，从这个没有一处可以出入的地下室离开了。

"这个可恶的家伙！"

山口青年实在是气不过，就沿着台阶追了上

去，直到他撞上了紧闭的门板。

然而，周围一个人也没有，只是从房间外面很远的地方，隐隐传来一阵笑声。

山口青年只得快步折了回来。一时间，三个人只能大眼瞪小眼，愣在原地不知所措。

正在这时，有人敲起了楼梯上方的门板，发出咚咚的声音。

会是谁呢？是警察发出的信号吗？

"有什么事吗？有没有看到什么可疑的家伙从这儿出去？"

恩田先生来到门板下方，大声问道。

只听到门板上方隐约传来一个声音：

"我们什么也没看见。宝贝没出什么事吧？"

反正宝贝已经被偷走了，也就没什么必要再锁着门板了。

几名警察纷纷走了下来，一听恩田先生说宝象已经不见了，全都大吃一惊。

"咦？你怎么进来了？快出去！"

一名警察责备道。原来是大家的身后站着一位可爱的女佣。

"她可以进来。你是有什么话要对我说?"

恩田先生心里清楚,这个女佣是小林少年乔装假扮的。

"嗯,我有件事要和您说。"

啊,这小林少年,到底是想说什么呢?

—你就是二十面相—

小林少年假扮成女佣走到恩田先生身边，对他耳语了几句，紧接着，恩田先生就向大家介绍了小林少年。

"这位虽然是今天刚来的女佣，但他其实并不是女孩，而是一个男孩。他就是明智侦探的助手，那位著名的小林芳雄少年。

"他之所以扮作女佣，是为了侦查，现在他的工作好像已经完成了。现在，小林说想要调查一下金库，当然，这完全可以，所以我打算让他马上开始调查。"

听了恩田先生的话，大家都吃惊地盯着女佣那张可爱的脸庞。他扮得可真是惟妙惟肖，所有人都为之折服。

小林来到打开的金库旁边,把头伸进金库里查看了一番,随后,他又来到站在另一边墙角的山口青年面前,说出了一句莫名其妙的话:

"请把你的小弹珠给我瞧瞧吧。"

"啊?小弹珠?"

山口青年一脸茫然地反问道。

然而,小林忽然朝山口扑了过去,从他的右边口袋里掏出了什么东西。

"果然如此,你果然带着小弹珠啊。"

他掏出来的,是一把手枪。

所有人都吓了一大跳。家庭教师山口青年怎么会带着手枪呢?

"这应该是一把玩具手枪吧?不过,构造应该和气手枪一样,能够打出子弹吧?"

扮作女佣的小林一边把手枪翻来覆去地查看着,一边观察着山口青年的脸色。

"没错,是玩具枪。是我从朋友那儿要来,打算送给小章少爷的。"

山口青年回答道。小章少爷，就是恩田章太郎。

"话说回来，山口先生，这个是从你房间的包里找到的，真是个奇怪的玩具。看来，你挺喜欢玩具的嘛。"

说着，小林拿出了一个东西，看上去的确十分奇特。

那是一个由几十根十多厘米长的黑色铁针密密麻麻交叉在一起组成的玩意儿。

小林用两只手分别抓住其中的一根铁针，然后用力这么一按，只见合在一块儿的一堆铁针忽然"唰"的一下伸展了开来，变成两米多长。

使用的材料似乎是细长的钢丝，加之涂成了黑色，全部展开的时候，要是不仔细看，根本就看不清。

见了这个东西，山口青年的脸色一下子就变了。他显得有些不安，视线朝四周游离了起来。

见此情景，小林对站在入口附近的三名警察说道：

"请别让任何人有机会离开这间地下室，犯人就在这间地下室里。"

这三名警察虽然很是惊讶，但他们深知小林少年是个大侦探，于是用力地点了点头，三个人一块站在入口处的台阶下面，挡住了出路。

在台阶的上面，站着另外两名警察，这下子无论是谁都没办法逃出这间地下室了。

"小林，我现在实在是毫无头绪，你说我们之中到底谁是犯人？"

恩田先生满脸疑惑地问道。

"就是他！"

小林用食指指着山口青年的脸大声说道。

"什么？这可是章太郎的家庭教师山口先生啊。他还曾经和透明怪人交过好几次手啊……"

"所以才可疑啊，那全是这个人自导自演的。他自己一个人设计表演打斗的动作，演出被摔倒在地的样子,看上去好像真和一个透明怪人扭打似的。"

哎呀呀,这究竟是怎么回事啊?难道说,这个山口青年就是犯人吗?可尽管如此,还是有很多谜团未解。

"嗯……那么,山口到底是谁呢?"

恩田先生的说法,听上去有些古怪。

"二十面相!"

小林十分干脆利落地说道。

"什么?你说他是二十面相?"

"警察先生们,快逮捕他吧!他就是怪盗二十面相!"

小林正义凛然的声音响彻了整个地下室。

— 魔 法 的 真 相 —

山口青年乖乖地戴上手铐，满脸的无辜和难以置信。

"小林，麻烦你解释一下，就算山口真是犯人，他又是怎么偷走这金库里的宝象的呢？"

恩田先生一脸不可思议地问道。

"他并不是晚上十点偷走宝象的，而是在此之前早就下手了。"

"那不可能。我在快十点的时候，还把金库门打开了一条缝，确认过宝象就在里面！"

"为什么只是开了一条缝呢？"

"那是因为透明怪人说不定就在这个房间里，为了防止打开门后宝象被他偷走，才只开了两三厘米的缝隙。但是，宝象我可是看得清清楚楚啊！"

"那只是假象而已。"

"啊？假象？"

"是的，请看这个。"

小林走到金库面前，朝里头望去，然后取出了一个皱巴巴的东西递到了恩田先生眼前：

"您瞧就是它，这就是您看到的那尊珍珠宝象的本体。"

恩田先生接过这团皱巴巴的东西，将它展开来。

原来是个类似气球一样的东西，染了和珍珠一样的颜色。仔细一看，似乎还有四条腿，脚底则装了少量的铅块用来稳住重心。

"啊！这东西就是一个大象形状的气球吧！颜色也和真品一模一样！"恩田先生大吃一惊，不由得环视众人的脸。

"没错，那家伙白天的时候就潜入这个地方，偷走了真正的宝象，然后换了个气球做的伪造品放在了这里。恩田先生,你往这个金库里放东西的时候,带山口来过吗?"

"倒是时不时会的。"

"那么,山口一定就是那个时候背下了金库锁的密码。虽然恩田先生您很小心不让他看见您打开金库门,但他可是一个狡猾的怪盗,只要看见您手腕的动作,就能猜出您的密码。另外,虽然这地下室入口的门板也上了锁,但那只是一把普通的锁而已,只要一两根铁针,就连我都能撬开。对于二十面相来说,普通的锁形同虚设。"

"哦,原来是这样。我看见了橡胶做的假宝象,却信以为真,结果过了十点打开一看,里面却空了。这是因为气球破了洞,已经漏成了小小的一团橡胶,滚到角落里去了,所以我才没注意到啊。可是,气球又是怎么破的呢?"

"那就要用到这把玩具手枪了。"

小林亮出了刚才从山口口袋里取出的手枪。

"在您打开金库的时候,山口趁门完全打开之前,用这个打破了气球。当时,你们应该都听到了气球被打破的声音,只是,把金库门完全打开一看,宝象已经没有了,所有人的注意力都集中在了这件事上,就没工夫去考虑什么声音了。这是个千钧一发的奇招,恩田先生,您打开金库的时候,是不是门开到一半犹豫了一会儿?"

"被你这么一说,我确实不是一下子就拉开了门,一想到万一宝象不见了,就不由得有点儿害怕。"

"他就是趁着这个空当开的枪。山口当时一定就站在离金库很近的地方。然后,等金库门开出一道缝隙,他避过你们的视线,偷偷地扣动了这把手枪的扳机。这毕竟是把玩具枪,不会发出很大的声响。气球破裂的声音盖过了它。然而,没有人想到金库里竟然会有个气球,所以就算有声音,也不会有人太在意。比起这个,宝象消失这件事已经占据了您全部的思考吧。"

听了小林的说明,恩田先生心悦诚服,和松波博士交换了一个眼神。

能想出用气球造一个伪造品这样的主意,二十面相确实有着过人的头脑,但同时,能立刻就识破他的诡计,小林少年的机敏智慧,也同样令人惊叹。

戴着手铐,被警察们团团包围的山口青年冷笑着听完了这番对话。他真的就是二十面相吗?如果真的是二十面相,为什么他的表情如此平静呢?

"小林,我很佩服你的智慧,但现在还有很多事情没有得到解释。你是不是也全弄明白了?"

恩田先生问道。

"是的,我想我都明白了。当然,这不只是我一个人的智慧。明智先生早就看穿了一切,我只是事先请教了先生而已。"

"那你告诉我,你说我是一个人假装和透明怪人打斗,可透明怪人并不只是那个时候出现过。虽然没人看见过他的样子,但二十面相的声音我们也听了好几次。我们也怀疑过他是不是在房间里放了一个喇叭，本人躲在远处和我们说话，所以仔细地调查过，但家里根本没找出类似的装置来。这又是怎么回事呢？"

"那是腹语术。"

"啊？腹语术？"

"不是有一种把戏吗，即在膝盖上放一个人偶，然后和它对话？因为表演的人说话的时候嘴唇完全不动，所以看上去就像人偶在说话一样。二十面相是个腹语术的高手。要让声音听上去就像从房间的各个角落传来，对他来说就是小菜一碟。"

腹语术！原来真是这一招啊。

—不可思议的道具—

小林少年顺着恩田先生的提问,揭开了二十面相的一个又一个秘密。他向大家解释了,其实,根本就不存在什么透明怪人,一切都是山口青年的自导自演。

"我已经知道了,是山口一个人表演了打斗的场面,也是他用腹语术让我们以为透明怪人真的存在。但是,还有一些疑问我没弄明白。比如在章太郎的房间,花瓶在夜里自己飘到了空中,以及有一支烟飘在空中好像有人吸似的,还吐着烟圈。另外,庭院里的山茶花好像被什么人给摘下来似的,飘在空中不动了。这些现象又该怎么解释呢?"

恩田先生还想让他解开更多的谜团。

"那时候，你们调查过章太郎房间的天花板了吗？"

"当然调查过。我们猜想会不会是有一根细线从天花板上垂下来，吊住了花瓶和香烟，但根本没有这样的装置。何况，庭院里的山茶花又没办法从上面吊住。毕竟，它是飘浮在室外，上头什么都没有呀。"

"的确如此。一般的人要是看见什么东西飘在空中，都会认为是有东西从上面吊着它。而二十面相呢，正是利用了这种思维。他并不是从上面，而是从旁边吊着。"

小林说着，亮出了那个用黑铁针制成的、可以伸缩的道具。

"这个玩意儿，原先是藏在山口的包里的，上面还有配套的小型金属装置。这一端应该是开放的，上面安装用来夹东西的金属装置。大大小小，各种尺寸都有。"

小林把这些金属装置放在手心上，递给恩田先生看。它们全都是由涂成黑色的钢针制成,有的弯成圆形,可以圈住什么东西;有的像镊子似的,一头很细。这些金属装置排列在一起,形状五花八门。

"那天晚上,二十面相把章太郎房间的窗户开了一道缝。然后,他透过这道缝隙,将这个道具伸进去,夹住花瓶细细的瓶颈,然后把它挑了起来。这个弯成圆形的大号金属装置,当时已经被预先装到花瓶上了。窗户里面挂了厚重的窗帘,这个道具是从窗帘的缝隙伸进去的,所以章太郎根本没看见窗外有人。而且,这个道具上的钢针全都涂得漆黑,伸进来的位置又刚好和章太郎睡的床成直角,只要不从横向观察,根本不用担心会被发现。要是把这玩意儿伸展到两米长再挑起花瓶,那钢针倒是会弯曲,但那个花瓶就放在离窗户很近的地方,实际上道具伸展的长度不到半米。香烟在空中飘浮,也是用这个道具。那个时候,是先安装了这个一头很细的金属装置,然后夹住一根胶管,并把胶管的另一头插进卷烟口里。而胶管的另一头则装上一个可以送气的圆形气囊，犯人只需要时不时地捏扁这个气囊。他每捏一下，香烟都会冒出烟雾，看上去就像透明怪人在吸烟一样。山茶花也是同样的原理。犯人躲在茂密的灌木丛里，用这个道具把花摘下来，然后让它飘在空中。那时候，这个道具也和章太郎眼前的窗户形成直角，而且后面就是黑压压的灌木丛，这么细的钢针，是不会被注意到的。那朵山茶花还在空中停留了一阵。山口将这个道具挂在灌木丛里的树枝上，然后离开，再假装从很远的地方走过来，然后一下子就朝看不见的对手扑上去了。他就是那个时候抓下了空中的花，再把钢针道具推到灌木丛里，然后才表演起了一个人的激烈打斗。"

这个解释非常清晰合理。在场的大人们都对小林少年这一段有理有据的说明十分信服。

"哦，原来是这么回事啊。不过小林同学，你可真聪明啊！"

突然,传来一个孩子的声音。恩田先生的儿子章太郎不知什么时候也走进了地下室里。

"啊,章太郎。你应该留在你妈妈的身边才对。"

恩田先生责备道。

"没关系吧,这儿有这么多警官在。而且,小林同学已经把珍珠宝象找回来,交给妈妈了。"

"这是真的吗,小林?"

"是的,忘了和您说了,我已经把宝象找出来了,就藏在山口房间里衣柜的顶上。其实,找到这个宝象才是最费劲的呢。"

"哦,太感谢了。你真是个优秀的孩子啊!虽然我在报纸上读到过你的英勇事迹,但没想到你的本事竟然这么大。真该向你好好道谢!"

看来,恩田先生是对他心服口服了。

— 最后的谜团 —

然而没多久，万分欣喜的恩田先生又皱起了眉头。

似乎还有一件事情，实在想不明白。

"可话说回来，小林，还有一件事情我没弄明白。明明还有更确凿的证据证明透明怪人真的存在啊！在松波先生家里，不是出现了一只人类的手，偷走了放在桌上的卷轴盒吗？这可是对面家的孩子亲眼看到的呀！而且，松波先生也目睹了那只手悬在空中逃走了。不对，不止如此。就在今天傍晚，松波先生还看见透明怪人在地上留下了一串脚印，尾随他来到我家呢。没错吧，松波先生？"

"是的，我当时看见一个接一个的脚印出现在地面上。"

松波博士用力点了点头，明确地回答道。

"小林，还得解开这个谜团才行，你能解得开吗？"

面对这个问题，即使如此聪慧的小林，也答不上来了。毕竟有松波博士这个明确的证人在场，这位博士总不会撒谎。小林回答不了问题，沉默了起来。

一时间没有一个人说话，整个地下室顿时一片寂静。

正在这时，站在台阶上的一名警察跑了下来，凑到恩田先生的耳边，说了些什么。

"啊，是吗？那赶紧把他请到这儿来。"

恩田先生十分高兴地盼咐道。看样子是有什么人来了。这个来者，究竟是何人呢？

这名警察又折了回去，不一会儿，就传来一阵走下台阶的声音。有两个人走了进来。

"啊！明智先生！"

"哦！是明智先生。"

章太郎和松波博士同时提高了声音。原来，来的人正是明智侦探和警视厅的中村组长。

一身女佣打扮的小林少年向恩田先生介绍了明智侦探和中村组长。双方打过招呼后，恩田先生笑眯眯地说道：

"先生的助手小林，真是令人佩服。他完美地解决了谜团，并且找出了犯人。他告诉我山口就是二十面相。"

说着，他还用手指了指戴着手铐的山口青年。

"他说得没错。我从一开始就察觉到山口就是二十面相。我嘱咐过小林，让他以此为前提进行调查。"

"二十面相，好久不见啊！"

见明智和自己打招呼，山口青年苦笑了起来。

"可我却是这副模样。"

说完，他亮了亮手铐。

"我刚刚还十分佩服地听了小林的解谜推理。

不过明智，我还没有完全输。毕竟，小林还留下了一个没能解开的谜团。"

"嗯，说得没错。我就是来解这个谜团的。你所谓没解开的谜团，应该是指松波博士看见的手和脚印吧？几天前，名叫西村正一的少年目睹了松波博士家二楼的桌子上，出现了一只人手。我在报纸上看见这则消息，立刻就解开了谜团。小林应该也知道，你说说看吧。"

"是的，这个谜底我确实知道。"

小林开口说道：

"那是个使用了镜子的小把戏，是二十面相的拿手好戏了。犯人在桌子的四脚之间斜着放置了两面镜子，而他自己就躲在后面，光把一只手伸到桌上去，抓住了卷轴盒。他是特意等邻居西村家的孩子望向这边的时候，做给他看的。桌下的镜子里映出了房间左右两边的壁纸，因为和桌子后面的壁纸是同一个款式，所以桌子下面看上去就像是空的一样。没人能看出来，镜子后头竟还藏着一个人。这才让人产生了只看见一只手在桌上爬来爬去的错觉。就是这样。不过，这件事有一个疑点。要在桌脚之间放两面镜子，并不是一瞬间就能办成的事儿。这么一来，镜子就只可能是事先放好的，可要是这样，松波博士是不可能注意不到的。这一点实在是说不通。"

说完，明智先生将视线定格在了博士的脸上。

"哦？明智先生难道还怀疑我吗？莫不是你认为我在撒谎？"

松波博士朝明智逼问道。

"是的，您的确说了谎，现在就给您看看证据吧。"

明智朝站在一旁的中村组长使了一个眼色，于是中村组长会意地对身旁的警员小声说了些什么，那警员便急急忙忙跑上台阶出去了。

地下室里静得令人窒息。大家都默默咽了一口唾沫，不知道究竟会发生什么。不一会儿，台阶上又传来了脚步声，一名警员带着一个人回来了。

― 意 想 不 到 ―

所有人一看见来人的脸，纷纷"啊"了一声，露出难以置信的表情。

你们知道来的人是谁吗？正是松波博士本人。

然而，松波博士不是从很早之前开始就在这间地下室里了吗？转身一看，他仍然站在原地。然而另一个和他一模一样的松波博士却刚刚走下了台阶。松波博士居然有两个！

这时，明智侦探忽然朝之前就在这里的松波博士扑了上去。

于是，对方还没来得及防备，就被扯下了假发、假胡子和假眉毛。

没有了银白色的头发、胡子和眉毛，一张十分年轻的脸便显露了出来。

他的头发乌黑,脸上虽然为了变装而画了不少皱纹,却始终遮不住他的年轻。看上去,这是个三十来岁的男人。

"这个人是二十面相最得意的徒弟,也是个变装能手。松波博士刚搬进新家不久,这个冒牌货就冒名顶替了他。而真正的松波博士,却被关在了古代研究所地下室的杂物间里。不用说,肯定是二十面相师徒俩把他关起来的。而这个冒牌货,则每天面不改色地作为所长正常出入古代研究所。对被关在杂物间里的松波先生,他们只是每天偷偷地给他一些食物。说到这儿,大家应该明白了吧?不管是一只手飘在空中,还是看见了一串脚印,都是这个假博士编出来的鬼话。"

如此复杂的一个谜团,居然就这么迎刃而解了。

"真不愧是明智先生,太厉害了!"

小林高兴极了。警察们给假冒的松波博士也戴上了手铐。

而真正的松波博士则用虚弱的声音和大家一一打过招呼后，感激地说道：

"我是被明智先生救出来的。之前，是他帮我阻止了古代研究所的埃及卷轴被盗，而这一次，他又救了我。"

"等等，现在还剩下一件事没有解决。我的确一度阻止了埃及卷轴被盗，但没多久，它却因为这个透明怪人的手法又被盗走了。"

说着，明智瞪了二十面相一眼。

"你当然会把它还给松波先生，对吧？"

于是，二十面相假扮的山口青年冷笑道：

"既然被你们抓住了，当然只能还给他了。不过明智，我二十面相可是会魔法的。你就不怕我背后还藏了一招吗？我想你对我隐藏的绝招肯定再清楚不过了。可别大意了。"

"哈哈哈……你真是一点也没变。既然你背后藏了一招，我当然也是有备而来，我不会输给你的，我们还是彼此都留点心眼吧……"

看来，明智侦探信心十足。

接下来，就该把两个犯人押送到警视厅去了。

二十面相和他的徒弟分别由两名警察押着，将手铐一头铐在犯人手上，另一头铐在自己手上。只要犯人想逃跑，就会牵动警察的手，立刻就会被发现。

何况犯人总不能拖着警察跑，所以这种铐法也算是万无一失了。

一行人浩浩荡荡地从地下室爬上一楼，朝着玄关走去。

跟在众人后头的明智侦探走到小林少年的身边，压低声音耳语了几句。只听小林也小声答道：

"不用担心，口袋小子正好好看着呢。"

他所说的口袋小子，是少年侦探团别动队的一员，年纪差不多该上小学四年级了，但身体却十分瘦小。大家都说他简直能被塞进口袋里，所以得了这么个外号。

这个孩子身手敏捷，脑瓜也聪明，他利用身形瘦小的特点，立下了不少汗马功劳。

这下子，事情变得有趣了。这个口袋小子，接下来又要担当怎样的角色呢？

— 口袋小子 —

事发之时,两个犯人的手腕和警察铐在一起,刚走出恩田先生家的玄关。

玄关到大门之间是黑漆漆的院子,一个男人正蜷缩在树影里,观察着周围的情况。

因为他一身黑,所以没人注意到树下有人。

这个男人见二十面相和他的徒弟被抓住了,咂了咂嘴,然后顺着阴影溜出了大门,跑远了。

这个人,可能是二十面相的部下。为了以防万一,二十面相让部下事先守在玄关外头,要是看见自己被抓了,就溜出去实行下一步计划。二十面相说自己留了一手,大概就是指这个人吧。

从恩田先生家的大门走个一百来米再拐过一个

路口处，停了一辆汽车。

刚才的男人忽然爬上车，坐在了驾驶座上。然后，拿起面前的无线电话，急急忙忙地讲了起来。

如果这个人是二十面相的部下，就说明二十面相一伙人拥有一辆装有特别无线电装置的汽车。和他通话的，一定是留守在二十面相老巢里的其他部下。他们俩这是正在通过无线电对话吗？

话说，奇怪的事情还有一件。这个男人自以为没被任何人发现，才安心地爬上了汽车，但事实上，他被一个奇怪的家伙跟踪了。

跟踪他的，是个身材矮小、浑身黑乎乎的家伙。看上去七八岁，被紧身的黑毛衫和黑裤子包得严严实实，头上还戴着黑色的蒙面布，上头挖了两个小孔，只露出了一双眼睛，活像个小怪物。

他在恩田先生的院子里就跟上了这个男人，而这个男人却丝毫没注意到。周围一片漆黑，在如此黑暗的环境下，确实很难察觉这么一个黑色的小家伙竟然尾随着自己。

等男人上了车,那个黑色的小家伙就偷偷绕到车后面,从口袋里取出一个万能钥匙一样的东西,悄无声息地撬开了后备箱的锁,小心翼翼地抬起后备箱盖子钻了进去。

这个小怪物,该不会就是刚才小林悄声向明智侦探提起的那个别动队的口袋小子吧?

这个一身黑衣的口袋小子,在过去的诸多事件里也时有出现。看样子,应该就是他没错了。

接着,那个可疑的男人发动汽车,朝着未知的方向开走了。而正在这个时候,二十面相和他的大徒弟刚好走出恩田先生的大门,被押上了一辆大型警车。

虽然挤了点,不过后座还是坐了四个人。两个犯人夹在中间,两名警察坐在两边。并且,每一个警察和犯人都有一只手腕被手铐铐在一起,这么一来,二十面相他们俩就逃不掉了。

明智侦探和小林少年上了明智一号汽车,中村组长也和剩下的警察们坐上了另一辆警车,跟在押运犯人的警车后头。

已经过了夜里十二点,但车开到主干道上,还是能看到很多汽车。

在前头押犯人的车跑得很快,到了红绿灯附近,已经和后面的两辆车拉开了一百多米的距离。

这辆车离开主干道,拐入了一条狭窄的小道。道路一边是神社的树林,另一边则是一片平地。

这是去警视厅途中最荒凉的一段路。往后望去,跟在后头的两辆车还没拐过来。

这时,迎面来了一辆大卡车。车灯亮得可怕,刺得警车司机两眼直发花。于是,司机打算避开这辆大卡车。

然而,越是避,大卡车越是往这边靠。结果还没顾得上思考是怎么回事,两辆车就迅猛地撞在了一起。

警车司机被撞得趴在方向盘上一动不动,挡风玻璃全碎了。

而卡车里,却有人在嚷嚷个不停。

负责看守犯人的两个警察打开车门，下车查看。反正犯人的手腕现在和自己的铐在一起，应该不会出什么岔子。

可没想到的是，刚一下车，两个警察忽然被一股猛力推得飞了出去。

不知何时，二十面相和他的大徒弟已经解开了手铐。相信诸位读者都很清楚，二十面相是个解手铐的高手。没想到，他的大徒弟也一样是个中翘楚。

见两名警察都被推倒在地，两个犯人迅速逃入了树林里。而刚才撞上来的大卡车也赶忙掉转方向，朝原路返回。

等后面的两辆车赶到，为时已晚。

二十面相和他的大徒弟已经逃跑了。

— 小黑人 —

逃入树林的二十面相和他的部下迅速穿过树林，从神社的后门逃了出来。

他们面前是一片宽敞的平地，一辆关了车灯的汽车正开着车门等在那里。

待两人跳上车，汽车立刻发动，在街道间拐来拐去，跑得飞快。这辆车，就是刚才躲在恩田先生家大门里望风的那个男人开来的。他自然也是二十面相的部下之一。

正是这个男人用车里装备的无线电联络器向二十面相的老巢通报了首领被捕的消息，这才有其他的部下开着大卡车去撞了押送二十面相的车，然后帮助他们的首领逃了出来。

这一系列的计划，是二十面相之前就想好的。他早和部下们商量好，选在树林跟前撞车。

这会儿，二十面相和部下乘坐的汽车专挑僻静的小路走，花了三十来分钟的时间，到达了位于世田谷区某住宅区里的一座大宅子跟前。

车开进大门停了下来，二十面相和部下打开玄关门走了进去。而开车的那个人，也跟着他们进去了。

这个时候，车后备箱的盖子被悄悄地打开了。不用说，轮到藏在后备箱里一身黑衣的口袋小子登场了。

贴身的黑衬衣、黑裤子，头上还罩着只能露出眼睛的黑头套，这个黑黢黢的小家伙从后备箱里跳了出来，将后备箱盖好，蹑手蹑脚地朝门走了过去。

很巧，门还没上锁。于是他悄无声息地打开门，潜了进去。

一个小孩居然潜入了怪人的老巢，真的不会出事吗？要是被发现，那可不得了啊！

不过，咱们的口袋小子对这样的冒险已经是轻车熟路了。

他还曾藏在大箱子里，潜入山中的怪盗老巢，立下过大功呢！

他身形瘦小，穿了一身黑衣，外加身手敏捷，要想发现他，还真是不容易。

他紧贴着墙壁，走在昏暗的走廊里，遇上有门，就先从门缝里看看里头的情况，只要没人，就摸进房间里调查情况。

就这样，他边走边查，把二十面相老巢的情况摸了个一清二楚。

二十面相把一帮部下集中到自己的房间里，正交代今晚一连串事情的经过。口袋小子把耳朵紧贴在门上，偷听他们都说了什么。

"要是明智和我坐在一辆车上，恐怕我们就跑不了了。在他的监视下，我根本没办法解开手铐。幸亏周围的人并不知道我们是解手铐的高手，我们才得以顺利逃脱。"

从门里传出了这么一番话。

口袋小子摸清了整栋宅子的情况，又回到玄关，溜了出来。

随后，他穿过漆黑的街道，不知朝什么地方去了。

—美术室—

二十面相对口袋小子潜入了他老巢的事一无所知。他把部下们召集到自己的房间里，讲了一个小时的话。

"谁也不会察觉，这就是我二十面相的住所。毕竟外头的门牌写的是木下庄太郎。这个人的身份是贸易公司的社长。周围的邻居都对此深信不疑，就连警察也不会起疑心。我们向来行事小心，肯定没有露出过一点儿破绽。哈哈哈哈……"

二十面相说着，愉快地笑了起来。

他的周围有五个部下，有的坐着，有的站着。

有假扮松波博士的徒弟，有负责开车的男人，另外三个人里还有刚才开卡车的那个男人。在这个宅子里，除了这五个部下，就只剩两个女佣了。

"来，大家举杯畅饮，然后回屋好好睡一觉吧。我还是像平时一样到美术室里欣赏一下战利品再去休息。"

二十面相说完，他的五个部下将手中盛满威士忌的酒杯齐眉举起，贺道：

"祝首领身体健康！恭喜您最后的绝招一举成功！太棒了！"

大家纷纷表达了自己的祝贺，然后将威士忌一饮而尽，走出了房间。

最后留下二十面相一个人，来到不远处的美术室里，打开了电灯开关。

光明迅速充满了整个房间，那装潢真是华美极了。玻璃陈列柜排列在房间四周，里头装饰着各种雕塑、宝石和金银工艺品，多得数不过来。这些自然都是他偷盗来的。

其中一个陈列柜的正中，放着一个银色的盒子，看上去似乎有点眼熟。

哦，想起来了，那就是从古代研究所里偷出来的装着埃及卷轴的盒子。二十面相原来把这件宝贝放在这儿了。

陈列柜里装不下的大型雕塑都被立在墙边。其中有青铜制成的男性雕塑，也有女性木雕，还装饰了几副银色的西洋古老盔甲。

在房间的正中间放着一套如艺术品一般精美的桌椅。椅背异常的高，上面全是细致的雕纹。

二十面相悠哉地在椅子上坐下，欣赏着四周的艺术品。

"呵呵呵……还真是攒了不少宝贝啊。明智那家伙，我总有一天要给他好看！每次都害得我好不容易得来的艺术品被抢回去，不过只需半年，我就又攒这么多了。他就算再抓住我多次，我也是个不死之身。我绝不会放弃收集艺术品的。呵呵呵呵……明智先生，咱们就来比耐性吧。不过，最后胜利的一定是我！当然，小林这个臭小子还真是小看不得，居然能扮成女佣从我的房里拿回珍珠宝象，本事还真不小。不过管他是明智先生还是小林，最后还是栽在了我的手上。毕竟我永远都会在背后藏一招啊。"

二十面相正洋洋得意地一个人自吹自擂，忽然间，他沉默了，竖起了耳朵。

不知从哪儿，传来一个奇怪的声音。似乎是有人正呵呵呵地偷笑呢。

这声音，好像不是从外面来的，而是在房间里头。

二十面相顿时双目圆睁，环视了房间一周。一个人也没有。但是，那声音却不断传来，而且还越来越大。

二十面相心里有点发毛了。可不一会儿，除了声音，另一件奇怪的事发生了。

—大侦探的最后绝招—

　　这间美术室的东南方向都朝着院子,南面两扇、东面一扇,总共开了三扇窗户。
　　这些玻璃窗本应都从里头插上了金属插销,可不知道什么时候,好像全都被打开了。
　　挂在三扇窗户前的加厚窗帘正轻轻地飘动着。如果窗户是关着的,窗帘不可能飘起来。
　　只听那笑声越来越洪亮。
　　有人就在这房间之中。
　　"谁!是谁在那儿?"
　　二十面相忍不住大声呵道。
　　"哼哼哼哼……啊哈哈哈哈……"
　　刚才的偷笑,已然变成了大笑,可是还是哪儿都不见人影。

"你是谁!到底藏在哪里?"

他又大喊了一声。

"啊哈哈哈……二十面相,我在这儿呢。这就是我最后留的那一手。"

这时,站在房间一角的西洋盔甲居然活动了,并且朝这边走了过来。

只见那盔甲抬起双手,摘下银色的头盔。

"啊!明智小五郎!"

从头盔下面露出来的,竟然是明智侦探的脸庞!

二十面相见状,立刻就朝他猛扑了过去。不好!浑身包裹在盔甲里的明智无法行动自如。要是被这么一扑,肯定会被压倒在地的。

"快看!看那窗帘!"

明智忽然大声地呵斥道。二十面相吓了一跳,目光很快挪到了窗帘上。

啊,有手枪!在两块窗帘相接的地方,竟然有一个枪口。第一扇，第二扇，第三扇，每一片窗帘里都伸出一个枪口，正对着二十面相。

"二十面相，举起手来！"

所有闭合的窗帘一下子全掀开了，三扇窗户外头，都有一个身穿制服的警察，举着手枪站在那儿。

无计可施的二十面相只能乖乖举起双手，开始一点一点地后退。

他的双脚搓着地面向后挪，一直挪到入口处，忽然掉转头猛地拉开房门就要往外逃。

"啊！竟然这里也有人！"

在门外举着枪等着他的警官，看上去很是面熟。他就是中村组长。

"哇哈哈哈……这一回你跑不了了吧？你那五个部下和两个女佣全都被我们抓住了。现在你就是个光杆司令，不会让你再出最后的绝招了！喂，你们几个！不能用手铐！用绳子把这家伙绑起来！要绑到他不能动弹为止。"

站在警长身后的两个警察掏出了长长的绳子，从两边逼近二十面相，二话不说就把他绑了个结结实实。

"外头护送车马上就到了，是一辆防备森严的护送车。这一回，你就别想再中途逃脱了。"

这下子，二十面相算是被明智侦探的最后绝招给彻底制服了。

"嗯，的确是我输了，我不会再挣扎了，明智先生的手段果然高明。能和我解释解释，以作参考吗？"

"好吧，我就来揭晓谜底。口袋小子，到这儿来。"

听了明智的召唤，在昏暗的走廊上等候多时的小林少年牵着一身黑衣的口袋小子的手，来到了二十面相的面前。

"啊！你就是口袋小子吧！我居然又上了你这个臭小子的当！"

"是啊，口袋小子他偷偷藏进了你逃跑时乘坐的车子的后备箱。然后,他把这栋宅子的位置,还有这些艺术品的情况全部告诉了我。所以,我才藏在了这副盔甲里头,和你开了这么个小小的玩笑啊。哈哈哈哈……"

二十面相看上去是彻底无话可说了。他被绳子绑了好几圈,一脸愤懑地沉默着。

很快,二十面相便被塞进了防备森严的护送车里。这一回,他再也没机会逃跑了。而那辆护送车,则沿着深夜的街道,静静地朝警视厅方向驶去。